LUIZ BRAS

Babel Hotel

ilustrações
Renato Moriconi

DIÁLOGO

editora scipione

Gerente editorial
Sâmia Rios
Editor
Adilson Miguel
Editora assistente
Fabiana Mioto
Revisora
Ana Luiza Couto
Editora de arte
Marisa Iniesta Martin
Diagramador
Rafael Vianna
Programador visual de capa e miolo
Rex Design
Roteiro de trabalho
Bruno Zeni
Programador visual do roteiro
Didier Moraes

editora scipione

Av. Otaviano Alves de Lima, 4400
Freguesia do Ó
CEP 02909-900 – São Paulo – SP

ATENDIMENTO AO CLIENTE
Tel.: 4003-3061

www.scipione.com.br
e-mail: atendimento@scipione.com.br

2015
ISBN 978-85-262-7611-6 – AL
ISBN 978-85-262-7612-3 – PR
Cód. do livro CL: 736898
1.ª EDIÇÃO
6.ª impressão
Impressão e acabamento
Brasilform Editora e Ind. Gráfica

Dados Internacionais de Catalogação na Publicação (CIP)
(Câmara Brasileira do Livro, SP, Brasil)

Bras, Luiz

Babel Hotel / Luiz Bras; ilustrações de Renato Moriconi. – São Paulo: Scipione, 2009. – (Série Diálogo)

1. Literatura infantojuvenil I. Moriconi, Renato. II. Título. III. Série.

09-09723 CDD-028.5

Índices para catálogo sistemático:
1. Literatura infantojuvenil 028.5
2. Literatura juvenil 028.5

A você, que ainda mantém vivos
o mistério e a fantasia.

SUMÁRIO

COMEÇO

Algo aconteceu.

Estou muito, muito cansado. Não sei se terei forças pra...

Algo que não podia acontecer aconteceu.

Algo improvável, impossível, imoral.

Aconteceu.

Estou tão cansado.

Como foi isso?

Quando exatamente?

Não.

Não podia.

Mas, se não podia, por que eu... Por que eu não impedi?

Onde é que eu estava com a cabeça?

A culpa foi minha.

Se quisesse eu podia ter impedido.

Se quisesse, se pudesse, se soubesse.

Eu sabia?

Não.

Não sabia.

Me enganaram direitinho.

Me enganaram? Ou fui eu que não quis enxergar a verdade?

Ficar agora me lamentando não adianta nada.

Fui enganado e algo que não podia acontecer aconteceu.

Estou exausto, sem forças, no chão.

Muito, muito cansado.

Mas eu preciso reagir, eu preciso fazer alguma coisa.

Se eles pensam que vou ficar parado, sem fazer nada, me lamentando, aqui sozinho, com pena de mim mesmo e do mundo, ah, eles estão muito enganados.

Algo aconteceu e eu preciso agir.

Algo que não podia acontecer aconteceu, e eu preciso mudar a situação.

Do contrário... Do contrário... Do contrário o quê?

Ah, eu sei, do contrário os danos serão terríveis.

Pra eles.

Pra mim.

Pra todo mundo.

Eu preciso desfazer tudo isso. É crucial que eu desfaça tudo isso!

Mas antes eu preciso... Descansar, dormir, dormir muito.

Eu preciso.

Descansar.

Que barulho foi esse?

Essa não.

Eu fui seguido.

Bem que eu desconfiava.

Mandaram alguém.

Malditos.

Mandaram alguém pra acabar comigo.

Tenho que sair daqui. Tenho que... Essa não!

MEIO

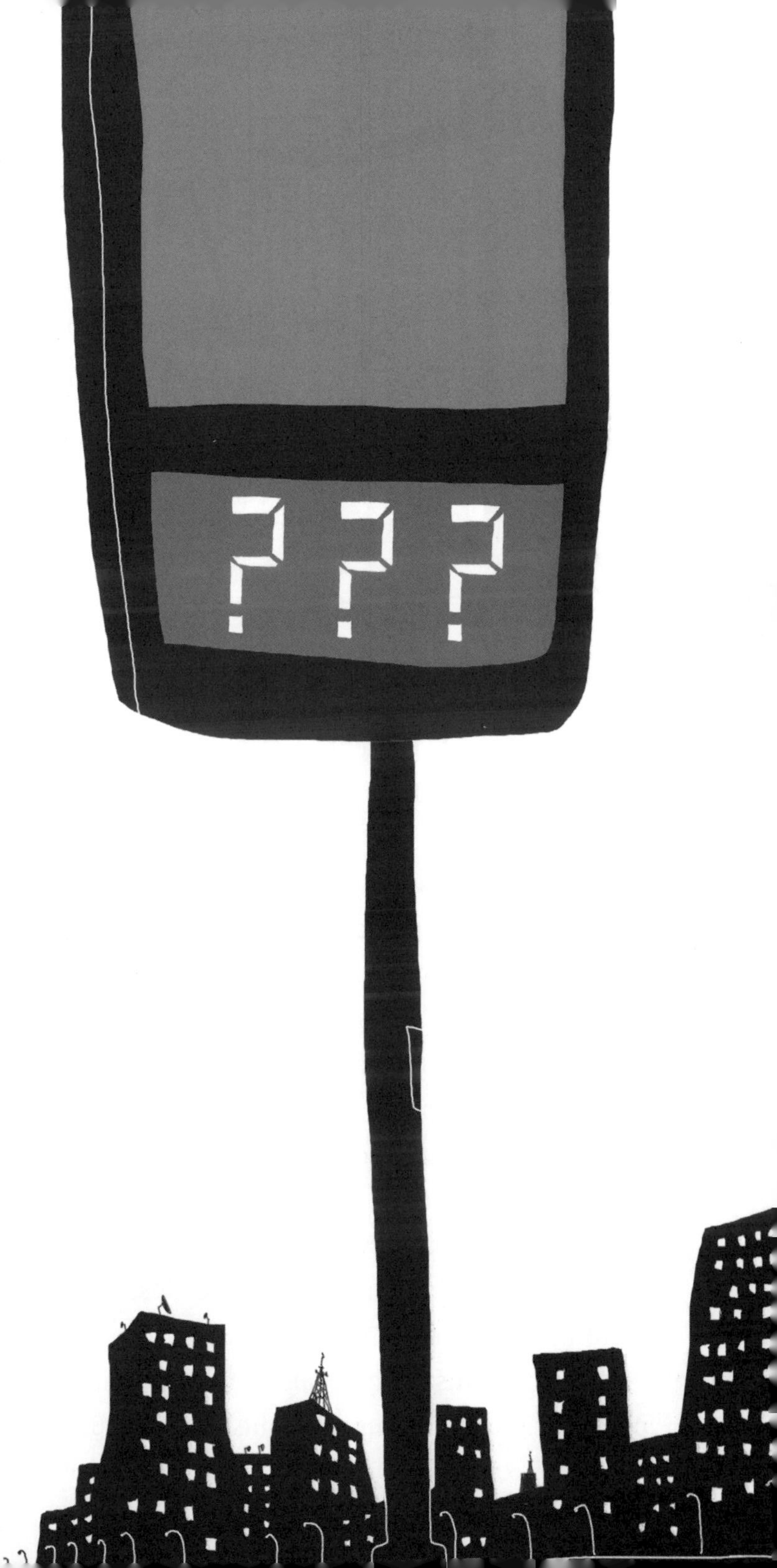

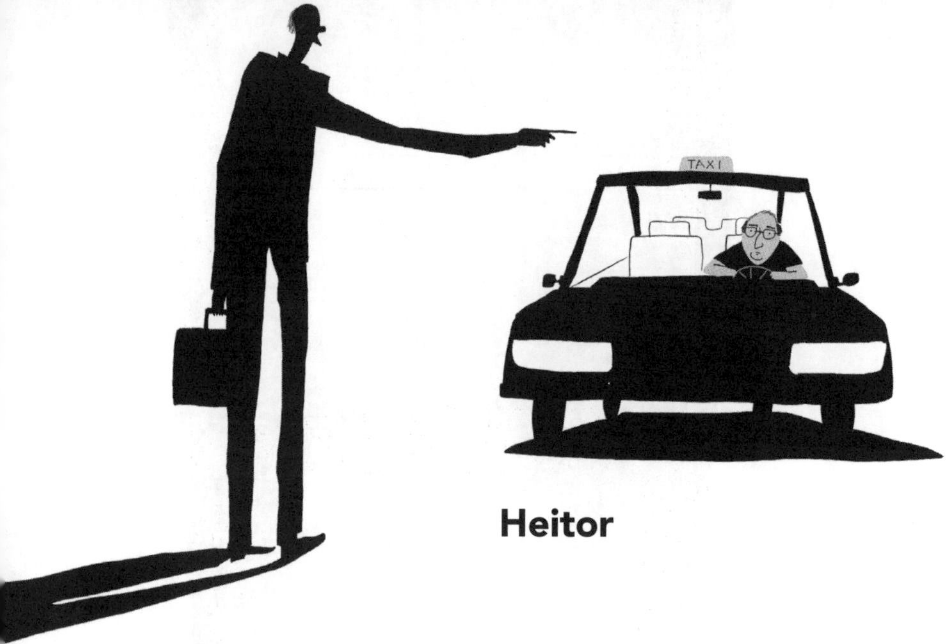

Heitor

Só há uma explicação para o que está acontecendo com este pobre taxista temente a Deus. Será que eu morri?

Não pode ser. Ou pode? Assim sem aviso algum?

Ah, meu santo Antônio de Pádua, bem que o senhor e seus amigos podiam ter mandado um sinal, um sinalzinho só. Demorou, demorou muito mas eu já entendi o que está acontecendo comigo. Caramba, agora eu entendi mesmo. Comigo e com o mundo. Eu morri. É isso, né?

Eu morri faz uma semana, mas só agora a verdade ficou clara como o sol. Só pode ser isso. Meu coração pifou enquanto eu cochilava, esperando o passageiro voltar, e aqui estou eu, mortinho da silva. Fazer o quê? Aos sessenta anos essas surpresas acontecem. Muita cerveja, muita costelinha de porco, nenhuma atividade física, não, nada de exercícios, o dia todo dentro deste carro ou na frente da tevê. Haja coração.

Agora as coisas começam a fazer sentido. Eu morri. Ora, só posso ter morrido. Como foi que não percebi isso antes?!

Então a morte é essa patacoada: tudo igual todo santo dia? Depois de sexta-feira outra sexta-feira, depois outra sexta, depois outra sexta e assim por diante. Eu disse "outra sexta"? De jeito nenhum. A mesma sexta-feira, sempre.

Deixar a vida é mesmo muito chato. Eu bem que desconfiava que seria assim: o maior tédio. Não tinha certeza, mas desconfiava.

Repete, repete, repete.

Todas as manhãs às 5h25 em ponto. Ah, meu são Cristóvão, o celular toca todas as manhãs no mesmo horário. Tudo bem. Já me acostumei com isso. No início eu ficava furioso, abaixava o vidro e atirava o aparelho longe. Agora eu simplesmente esfrego os olhos e atendo. Todas as manhãs às 5h25 em ponto.

A pessoa do outro lado nunca é a mesma. Sou bom em reconhecer vozes. Se fosse a mesma pessoa querendo me passar um trote eu saberia. Ninguém consegue mudar a voz de um jeito que eu não perceba. Todas as manhãs às 5h25 o celular toca, eu acordo e atendo. Então eu escuto a mesma frase de sempre, mas a voz é diferente. O mesmo aviso: "Não confie na garota de olhos azuis, ela vai tentar acabar com você".

Faz uma semana que eu bati as botas – só pode ser isso: estou mortinho mortinho – mas até agora não encontrei nenhuma garota de olhos azuis. Andando por aí já encontrei duas velhotas, três rapazes, uma menina pequena, até um *poodle* com os olhos da cor do céu, mas nenhuma garota.

Todo dia, quando o celular toca e eu acordo, é sempre o mesmo dia. É sempre o dia 13 de julho, é sempre sexta-feira.

Hoje de manhã não foi diferente. Às 5h25 o mesmo aviso dos dias anteriores: "Não confie na garota de olhos azuis, ela vai tentar acabar com você".

A primeira vez que isso aconteceu, seis dias atrás, eu não entendi nada. Minha cabeça começou a rodopiar. Que sensação esquisita, eu não sabia se ria ou chorava. Hoje eu entendo. Morte. Só pode ser isso, não há outra explicação. Eu abotoei o paletó seis dias atrás.

Ainda tenho tudo muito claro na minha cabeça.

Era quase meia-noite de quinta-feira, eu estava voltando pra casa quando esse sujeito fez sinal. Que saco. Eu estava exausto, tinha dirigido o dia todo. Mas não podia fingir que não era comigo. Parei. "Babel Hotel", ele disse. O cara era muito magro e muito alto. Tão magro e tão alto que foi obrigado a fazer a viagem toda sem se mexer, encurvado, a nuca no teto, o joelho direito cutucando o banco do carona e o esquerdo espetando minha coluna. Ele vestia um terno preto, levava uma maleta também preta e, apesar da hora, não tirava os óculos escuros.

Quinze minutos depois eu estacionava em frente ao hotel. Antes de descer o magricela de preto pediu que eu o esperasse. "Não vou demorar", ele avisou, enquanto o porteiro do hotel abria a porta do carro.

Tá certo. Liguei o rádio e tentei relaxar. Telefonei pra casa, pra avisar que nessa noite eu ia chegar mais tarde. A Joana nunca dorme enquanto eu não chego. Não consegue, ela fica preocupada. Expliquei a situação. Joana disse que me esperaria com uma bela xícara de chá com torradas. Minha mulher é um doce.

Desliguei o celular, fechei os olhos e esperei. Os quinze minutos passaram voando. Quando voltei a olhar o relógio já era quase uma hora da madruga. "Pô, cadê o camarada?", eu resmunguei. Olhei para a portaria do hotel e não vi ninguém. Tudo deserto. "Eu vou é me mandar daqui." Já estava com a mão na chave, pronto pra dar a partida, quando minha consciência gritou comigo: "Para com isso, Heitor! O passageiro nem pagou a corrida! Você disse que ia esperar. Você não tem palavra, não?!".

É, o cara tava me devendo a corrida. Bem ou mal eram cinquenta pratas. Além disso, com a minha consciência eu nunca brigo. Ela é mais forte e mais violenta do que eu. Todas as vezes em que tentei contrariá-la eu me dei muito mal.

Reclinei um pouco o assento, virei de lado, tornei a fechar os olhos e prometi a mim mesmo que só esperaria mais quinze minutos. Nem bem eu havia me ajeitado nessa cama improvisada, o celular tocou.

– Alô?

– Não confie na garota de olhos azuis, ela vai tentar acabar com você.

Voz de mulher, voz bonita, aveludada, de mulher jovem.

Não entendi nada, que garota, que olhos azuis, quem queria acabar comigo? Meu corpo doía, minha cabeça doía, meus pensamentos doíam. Quando eu pensei em abrir a boca pra responder alguma coisa, a mulher desligou. O gosto ruim na boca e as pálpebras exaustas indicavam que eu tinha dormido muito mais do que apenas quinze minutos.

Já era sexta-feira. Desci do carro e fui furioso até a recepção do hotel, mas a recepcionista não sabia de nada. Nem o porteiro. Ninguém havia visto o desgraçado. "Era só o que me faltava", eu chiei. "Santa Clara, santa Clara, como é que a senhora não me avisou que isso ia acontecer?! Bastava mandar um sinal, um sinalzinho só..."

O calhorda do magricela tinha me dado o cano: cinquenta pratas e todo esse tempo perdido esperando. Que droga. Saí do

Babel Hotel cantando pneu e xingando o filho da mãe de todos os nomes decentes e indecentes que eu conhecia.

Ao chegar a minha casa encontrei a Joana dormindo no sofá, com a tevê ligada. Toquei de leve seu cabelo, ela sorriu e bocejou. Não sei por que, mas me senti um pouquinho culpado por acordar minha mulher. Ela estava dormindo tão gostoso...

Enquanto Joana preparava o café da manhã eu contei sobre o tipo esquisito de óculos escuros. Ela riu muito com a história toda, porque eu não conseguia falar no sujeito sem usar dois ou três palavrões. Mas eu conheço minha mulher: depois das risadas sempre vem a cara feia. Tomei a maior bronca:

– Por que você trabalha tanto? Por que não se aposenta de vez? Olha pra você e pra mim, não temos mais trinta anos, já está na hora de a gente parar com esta vida maluca!

Eu dei risada e não respondi nada. Não valia a pena brigar com a Joana. Ela estava errada? Não. Ela estava certa. O problema é que eu gosto do que faço, meu táxi é a minha vida, não consigo parar. Imagina só, ficar o dia inteiro em casa vadiando. É claro que às vezes eu exagero, como na noite em questão. Depois dos sessenta nunca é bom ficar fazendo hora extra, nunca é bom ficar na rua até tão tarde. É até perigoso. A quantidade de pilantras que há nesta cidade...

De barriga cheia, resolvi tirar a manhã de folga, tomei banho, botei o pijama e desabei na cama. Só fui acordar às duas da tarde, com o celular chamando. Até aí tudo bem. Tudo estaria ótimo se fosse uma chamada normal. Mas não era. Era o passageiro magricela. Eu nem atendi direito e o cara foi logo dando o maior esporro:

– Cadê você, homem? A gente não combinou que você ficaria me esperando? Não tem vergonha de me deixar na mão, não?

Tô aqui na frente do hotel há cinco minutos e até agora não apareceu nenhum táxi! Que cidade! Não há táxis neste fim de mundo? Preciso chegar ao aeroporto em dez minutos. Venha já me pegar!

Primeiro eu me senti verdadeiramente culpado. Depois eu fiquei furioso.

Rapaz, meu sangue ferveu. Fiquei verde, azul, vermelho de raiva. No começo eu gaguejei um pouco, os palavrões não queriam sair, sabe como é, colégio religioso, depois uma temporada no seminário, sempre procurei respeitar as pessoas, nunca fui de sair por aí xingando ninguém. Quando eu finalmente parei de balbuciar e já ia começar a malhar o sujeito, ele desligou. Isso me deixou mais furioso ainda. Além de me fazer de bobo e de me incomodar na minha própria casa, o sacripanta tinha o atrevimento de desligar na minha cara?! Ah, não! Isso não ia ficar assim.

Troquei de roupa, passei de fininho pela sala – Joana estava na cozinha terminando o almoço que de qualquer jeito ia sair atrasado –, tirei o carro da garagem (em ponto morto, pra não chamar a atenção), dei a partida e fui para o hotel.

Enquanto subia a avenida eu ia ensaiando os desaforos que planejava descarregar na cabeça do infeliz. Ah, juro, eu ia chegar lá com um contêiner de cobras e lagartos. O trânsito estava terrível. Como se isso não fosse o suficiente, em pouco tempo começou a chover. Chuva rápida, que só serviu pra complicar mais ainda o trânsito. Não consegui chegar ao Babel Hotel antes de meia hora. É claro que na hora em que eu estacionei na frente do hotel o magricela de óculos escuros já não estava mais lá.

– Ele deixou este bilhete para o senhor – o porteiro me disse, esticando o braço e me entregando um papelzinho dobrado.

– Aonde ele foi?

– Para o aeroporto, pelo menos foi o que eu entendi... O homem estava furioso. Ele acabou de pegar um ônibus. Disse que estava muito atrasado, que ia perder o avião, que isso, que aquilo.

Eu abri o bilhete: "Gorducho idiota".

Só isso. Mais uma ofensa. Não sei o que era pior, ser chamado de *gorducho*, de *idiota* ou das duas coisas ao mesmo tempo.

Ah, mas ele ia pagar por isso. Por isso e pela corrida da noite anterior. Dei meia-volta e comecei a descer a avenida molhada, entupida de veículos, rumo ao aeroporto, que ficava ao pé do morro.

Para os que não são daqui, uma informação: Cobra Norato é uma cidade muito diferente das outras cidades do mundo. Pode esquecer, ela não tem muitas ruas e esquinas. Não, aqui não há nada disso, nem qualquer tipo de cruzamento ou bifurcação. A cidade foi construída em torno de um morro e tem uma só avenida: a Oroboro.

Primeiro, no topo do morro, foi erguida a famosa Torre de Babel, nosso ponto turístico mais conhecido. Depois, a partir da Torre, descendo e contornando o morro, foram surgindo espontaneamente os primeiros casarões e os primeiros estabelecimentos comerciais. Pelo menos é isso que eu escuto desde que era criança.

A única avenida da cidade é uma espiral perfeita, como se tivesse sido desenhada com régua, esquadro e compasso. Mas não foi. Trata-se, de fato, de uma única e longa espiral perfeita, porém ninguém sabe dizer como foi que isso aconteceu.

O aeroporto fica na base do morro. A pista de decolagem não é reta, como nos outros aeroportos do mundo. Ela é circular. Os aviões têm que contornar toda a base do morro antes de levantarem voo. Não é ruim, não. Até que é divertido. Dá um friozinho gostoso na boca do estômago.

Eu descia a avenida a passo de tartaruga quando Joana telefonou:

– Heitor, onde você está? Que história é essa de sair na miúda, feito ladrão?

– Tive que sair correndo. Eu gritei da porta, você não ouviu? – eu menti. – Tô indo ao aeroporto buscar um passageiro muito importante que está chegando da capital.

– E o almoço?! Você disse que hoje ia ficar em casa!

– Não vou demorar. É viagem rápida. Pode começar a almoçar que daqui a pouco eu estou chegando.

O sentimento de culpa me pegou de jeito.

Eu me senti muito mal por ter mentido pra minha mulher. Devia ter falado a verdade. Ela ia compreender. Não sei por que fui inventar essa história de passageiro importante. Pensando bem, não, ela não ia compreender se eu dissesse que estava perseguindo um caloteiro misterioso. Joana ia ficar muito preocupada. Ia falar pra eu parar com isso. “Imagina se esse sujeito é da máfia!”, ela ia dizer.

Na hora eu menti. Sei que são Expedito nunca aprovaria isso, mas tive que mentir. Mais tarde, já de volta a minha casa, eu pretendia contar a verdade a Joana. Mas o fato de ter mentido me incomodaria por muito tempo. Me incomodaria até depois da minha morte. Se é que eu morri mesmo.

O fato trágico foi que a caminho do aeroporto eu derrapei e bati o carro.

Em quarenta anos de atividade, subindo e descendo essa quilométrica e centenária avenida, eu nunca havia sequer arranhado a pintura. Quarenta anos dirigindo sem avançar um só sinal vermelho. Sabe o que é isso?! Era pra eu estar no *Guinness*.

Entrei com tudo na traseira da ximbica de duas mal-humoradas senhoras de mais ou menos duzentos e oitenta anos cada uma.

Xinguei. Ah, xinguei muito! Santa Luzia e santa Rita tinham que ter me ajudado. Mesmo a distância o magricela misterioso continuava me dando prejuízo.

Meu seguro só cobria furto ou incêndio. Contra batida eu não tinha seguro porque, cauteloso como eu sempre fui, eu tinha a mais absoluta certeza de que nunca iria precisar de um seguro contra batida.

Xinguei. Ah, xinguei muito! Agora eu ia ter que pagar a funilaria e a pintura do meu carro e também a do carro das velhotas. Ia ter que desembolsar no mínimo mil pratas.

As velhotas desceram da ximbica muito irritadas, achando que eu estava xingando as duas. Quase fui linchado no meio da rua por elas e por outras velhotas que iam passando na calçada. Fui salvo pelo marronzinho que veio de moto resolver o enrosco. Com a autoridade de seu distintivo e de sua cara de poucos amigos, ele acalmou os ânimos inflamados.

É óbvio que depois de tudo isso eu desisti de ir ao aeroporto.

Voltei para casa derrotado, murcho, com o rabo entre as pernas. E como sempre sentindo a maior culpa por ter me enfiado em mais uma enrascada. Durante o almoço Joana ainda tentou me consolar usando todo o seu bom senso. Não deu muito certo.

– Esse magricela foi o passageiro mais esquisito que eu já tive o desprazer de levar – eu reclamei com a boca cheia de um naco de coxa de frango.

– Doido, você, hein? Perseguindo o cara, assim, pela cidade – Joana me recriminou.

À tarde deixei o carro na funilaria e, como não tinha mais nada pra fazer, fiquei andando sem rumo pela cidade. Não gosto muito de *shopping centers*, mas, como estava entediado, resolvi tomar um café no *Shopping* Cobra Norato.

Também comi um pão de queijo.

Sou mesmo incorrigível. Cento e vinte e cinco quilos e sempre de boca cheia. Olhando para os lados para ter certeza de que Joana não estava por perto, aproveitei pra acender um cigarro.

Fiquei assim por muito tempo, fumando e observando o celular em cima da mesa. Que eu queria com o aparelhinho? Respostas, talvez. Ou então que o magricela tornasse a ligar. Não sei. Quem seria a tal garota de olhos azuis? Tudo estava começando a ficar meio misterioso.

O resto do dia foi tranquilo. Nada de surpreendente aconteceu.

Voltei a pé pra casa. No caminho vim remoendo minhas dúvidas, minhas inseguranças e meu eterno sentimento de culpa.

Sou assim. Me sinto culpado quando exagero na cerveja e na costelinha de porco, no pão de queijo e no cigarro. Me sinto culpado quando falo palavrão. Me sinto culpado quando conto uma mentira.

Sou uma pilha de culpas.

Me sinto culpado até pelos vícios e pelos pecados dos outros!

Esse sentimento não é normal, eu sei. Joana vivia me dizendo isso. Que posso fazer? Ele é muito mais forte do que eu.

Desde que me entendo por gente eu carrego nos ombros o mundo e todas as suas tragédias. Sinto culpa por várias coisas que fiz na minha vida e também por várias coisas que deixei de fazer. Também sinto culpa pelas coisas erradas que as outras pessoas vivem fazendo.

Na semana passada os jornais noticiaram mais um atentado terrorista na Palestina.

Ao ligar a tevê e ver a cena do restaurante destruído pelos terroristas eu senti pena, raiva, tristeza e... culpa. Muita culpa.

Joana, que me conhece muito bem, viu meu jeito amuado e foi logo dando a maior bronca:

– Para com isso, Heitor. Que cara é essa? Essa guerra não é nossa. Ela está acontecendo muito longe daqui, há décadas, no outro lado do planeta. Quando ela começou você nem tinha nascido.

– Eu sei. O que me corrói as entranhas é que ninguém faz nada pra impedir. Não tô falando só dessa guerra. Tô falando de todas as guerras. Quando é que as pessoas vão parar pra tentar acabar com essa matança sem sentido?

– É por isso que não gosto quando você assiste ao telejornal. Você fica achando que tem a obrigação de salvar o mundo.

Joana tem razão. Quem sou eu pra tentar consertar o mundo?!

Isso se chama *soberba, presunção* e *arrogância*. Foi o padre Manuel quem disse:

– Heitor, sua vontade de melhorar os homens e o mundo é muito bonita. Eu concordo com você, todos nós devemos trabalhar com afinco pra acabar com a violência e a crueldade. Mas tudo tem limite, certo? Você não está acima de são Cristóvão ou de santa Teresinha, você não está acima da Santíssima Trindade, você não tem poderes infinitos, você só pode agir de acordo com as suas forças. Você é só um cidadão comum, então se coloque no seu devido lugar e pare de sofrer como se a responsabilidade de todos os males do mundo fosse exclusivamente tua. Isso se chama *soberba*, isso se chama *presunção*, isso se chama *arrogância*. E é pecado capital.

Ai ai, depois dessa conversa com o padre Manuel eu fiquei me sentindo muito culpado por ser tão soberbo, presunçoso e arrogante.

Não tem jeito, sou mesmo uma pilha de culpas.

Me sinto culpado quando vejo um sem-teto dormindo na rua. Me sinto culpado quando vejo uma criança pedindo esmola. Me sinto culpado quando vejo um animal indefeso sendo maltratado.

Me sinto culpado quando fico sabendo de outro assalto a banco, de outro hospital superlotado e sem recursos, de outro acidente com mortes na rodovia, de outro deslizamento de terra na favela, de outro desmatamento na floresta Amazônica, de outro vazamento de petróleo no oceano.

Tudo isso faz que eu sinta culpa e também raiva.

Tá, eu reconheço. Isso já foi pior.

Dia sim, dia não, Joana reclamava:

– A vida não é feita só de coisas feias e más, Heitor. Você precisa aprender a valorizar as coisas boas e bonitas. Do contrário você vai acabar doente e deprimido.

Aí eu me sentia culpado por não conseguir enxergar as coisas boas e bonitas da vida.

Mas agora que estou aqui, neste terrível local de purgação eterna, eu não tenho me sentido mais tão culpado quanto antes. Engraçado isso: desde que cheguei ao inferno a minha angustiante sensação de culpa caiu pela metade.

De volta à vaca fria: voltei a pé pra casa carregando meus pesados pensamentos, cheguei suado, tomei outro banho (antes que Joana sentisse o cheiro do cigarro), jantamos, assistimos a dois programas estúpidos na tevê e fomos cedo pra cama. Esse tempo todo eu fiquei vigiando o celular em cima da mesinha de centro. Ninguém chamou.

É certo que comi demais no jantar. É verdade que nunca consigo me controlar. Meu cardiologista sempre dizia pra eu ir devagar com as carnes muito gordurosas e a cerveja, ele sempre me alertava sobre o excesso de sal.

É certo que ao deitar também senti uma dorzinha esquisita no peito. Mas foi um incômodo que logo passou. Nem me preocupei em levantar e beber um copo de água. Dormi feito um bebê.

O incômodo maior aconteceu no dia seguinte ao acordar.

Eu não estava na cama, de pijama. Eu estava no táxi, com a mesma roupa que estivera usando na manhã do dia anterior.

Acordei com o corpo moído, a mente desorientada e o celular tocando:

– Não confie na garota de olhos azuis, ela vai tentar acabar com você.

Olhei as horas no mostrador do telefone: 5h25. O sol ia nascer daí a poucos minutos.

Com o passar do tempo fui tomando pé da situação: eu estava

estacionado em frente ao Babel Hotel, usava a mesma roupa e tinha acordado na mesma hora do dia anterior... Só podia ser brincadeira de alguém. Desci do carro e procurei os sinais da batida na ximbica das velhotas.

Nada. Nem um arranhão.

Olhei em volta procurando a câmera oculta. Só podia ser uma pegadinha desses programas de auditório de quinta categoria. Alguém devia estar louco pra mostrar minha cara de panaca na tevê.

Esperei, esperei, esperei.

Ninguém apareceu. Ninguém da tevê, eu quero dizer.

Não era uma pegadinha.

Por Deus, o que era então?

Eu não estava acreditando no relógio do celular nem no do painel do carro. Meio preocupado, perguntei ao porteiro do hotel:

– Que dia é hoje?

A resposta me paralisou:

– Sexta-feira, dia 13 de julho.

Entrei no táxi e fui embora.

Cheguei em casa e lá estava Joana, também na mesma posição: dormindo no sofá. A tevê também estava ligada e transmitindo o mesmo programa. Tudo igual.

Durante o café da manhã preferi não falar no tipo esquisito de óculos escuros, como havia feito na primeira vez. Inventei outra desculpa para estar chegando da rua àquela hora. Inventei outro passageiro. Não me lembro. Só me recordo que, pela sua expressão de coruja arisca, nesse momento minha mulher começou a desconfiar de algo.

Tomei um banho. Vesti meu pijama e fui para a cama. Deitado, rezei cinco pais-nossos e dez ave-marias. Rezei com fervor.

Nem preciso dizer que não consegui dormir.

Estava apavorado.

Troquei de roupa e avisei Joana que ia sair.

Não. Não fui atrás do magricela do Babel Hotel. Faltou coragem. Nas duas horas seguintes fiquei subindo e descendo a avenida, pensando bastante nos acontecimentos. Fumei seis cigarros um atrás do outro. Não parei para nenhum passageiro. Eu passava vazio mas não parava, e as pessoas apressadas me xingavam. Às vezes é difícil encontrar um táxi em Cobra Norato.

Novamente em casa fiquei mexendo nas coisas, abrindo e fechando gavetas e revistas, sorumbático, acabrunhado, Joana só de olho, de tocaia.

Durante o jantar, sem mais nem menos comecei a chorar. Desabei pra valer. Nem consegui terminar de engolir o naquinho da coxa de frango que estava mastigando. Soluçava feito um bebê em cima do prato de espaguete.

Joana, assustadíssima, saiu do seu lugar à mesa e me abraçou por trás.

– Que foi, Heitor? Que aconteceu?

– Tá tudo se repetindo. Tudo!

– Como assim, tá tudo se repetindo?

– Ah, meu santo Agostinho, tá tudo se repetindo, se repetindo, se repetindo...

– Heitor, você está me assustando.

– Eu sei... Quero dizer, eu não sei... Tô com medo, Joana. Tô com muito medo. Hoje de manhã eu acordei e era sexta-feira. Mas ontem foi sexta-feira. Então como é possível? Ontem eu acordei no táxi em frente ao hotel, hoje eu acordei no táxi em frente ao hotel, mas ontem eu me lembro muito bem de dormir em casa, na nossa cama, então como é possível que eu tenha acordado outra vez em frente ao hotel?!

– Heitor, isso é loucura. Ontem foi quinta-feira, não sexta. Hoje é sexta-feira!

– Então eu só posso estar ficando louco.

Ou eu morri e minha alma veio parar em outro plano da existência, em outra dimensão.

Se isto aqui não é o inferno, então o que é?

Para um pecador condenado, qual castigo seria pior do que ter que viver sempre o mesmo dia, durante toda a eternidade?

Mas já estou me acostumando com o meu castigo. Fazer o quê, né? Pelo menos não dei de cara com o capeta nem com as chamas infinitas e infernais. O jeito é eu começar a aceitar a situação.

Já que o mesmo dia vai se repetir pelo resto da eternidade, eu preciso organizar as coisas, me programar, certo?

Rotina: logo que acordo, nunca deixo de ir pra casa e tranquilizar Joana, que sempre encontro dormindo no sofá com a tevê ligada.

Jamais voltei a tocar no assunto com ela. Não adiantaria. Mesmo que eu a fizesse acreditar em mim, mesmo que eu a fizesse compreender essa maldição do tempo, no dia seguinte ela não se lembraria de mais nada.

Também não comentei nada com meus amigos. Eles não entenderiam.

Mas para não sofrer com o tédio eu procuro fazer coisas diferentes ao longo do dia: já fui pescar com a turma fora da cidade, já passei uma tarde inteira no boliche e outra no clube, já vi todos os filmes em cartaz, já almocei e jantei em quase todos os restaurantes (em geral apenas com minha mulher, assim é mais romântico).

Até já comecei um regime. Quero muito perder peso.

Só na catedral é que não tive coragem de entrar. Passei várias vezes em frente mas não entrei. Sei lá, tenho medo de ser fulminado por um raio. Rezo do lado de fora mesmo. Parece que meus santos e minhas santas me abandonaram.

Essa tem sido a minha vida.

Hoje não estou a fim de fazer nada em especial. Vou ficar andando a esmo, só para passar o tempo. Vou a pé, porque se eu sair no táxi as pessoas não vão me deixar em paz.

Também já fiz isso muitas e muitas vezes antes: passear a pé. O mais divertido, quando estou andando sem rumo, é o Jogo da Memória que eu criei. Tento me lembrar do movimento de cada pessoa que vou encontrando pela avenida.

Por exemplo, a ruiva de vestido azul ali na frente. Em dez segundos ela vai se abaixar para pegar uma moeda de um real caída entre dois paralelepípedos. Viu só, dito e feito. Outro exemplo, o garoto de camiseta preta do outro lado da avenida. Em quinze segundos ele vai levar o maior susto com o *pit bull* atrás do portão da casa amarela. Olha lá. Eu não disse? O coração pode ter pifado, se é que pifou mesmo, mas minha memória sempre foi nota dez.

A menina com o *poodle* vai parar pra amarrar o cadarço. Agora o barbudo de paletó cinza vai entrar na padaria e pedir um café. O gato malhado vai rebolar e pular o muro. Vamos ver... O ônibus vermelho vai dar a seta, mudar de pista e buzinar duas vezes. Ah, quase ia esquecendo as três latas de lixo na frente da pizzaria. Daqui a exatamente nove segundos o gato malhado vai voltar e derrubar todas elas.

A folha de jornal vai voar e cobrir o rosto do aposentado no ponto de ônibus... O portão da garagem vai abrir e lá de dentro sairá uma picape caindo aos pedaços... O celular do rapaz na bicicleta vai tocar, ele vai tentar atender, vai perder o equilíbrio e patinar na sujeira espalhada pelo gato malhado. Olha lá, não falei?

Sou bom nisso.

Virei vidente.

Qualquer dia desses vou passar a tarde no bingo, só de farra. Ou então no cassino, sei lá. Ficarei rico em questão de horas e a Joana vai levar o maior susto. Vai ser divertido. O problema é que não teremos muito tempo pra gastar o dinheiro.

Também quero aprender a tocar saxofone. Ou tomar aulas de dança de salão. Ou ler um romance bem grosso. Ou tudo isso. Tempo para aprender coisas legais agora não vai faltar.

Vamos ver, agora a senhora de sombrinha lilás vai parar pra comprar um sorvete de morango e creme, as andorinhas vão passar em revoada através do Arco do Triunfo, aquela nuvem vai cobrir o sol e... Epa. Que é isso?

Meu são João Batista, que é isso?!

Não pode ser. Essa garota de rabo de cavalo, boné e bermuda não estava aí ontem. Ao lado do sorveteiro. A garota com a casquinha de chocolate e pistache. Essa garota de rabo de cavalo.

Como isso é possível? De onde foi que ela apareceu?

Se hoje ela está aí é porque ela sempre esteve aí! Afinal hoje, ontem e anteontem é tudo a mesma coisa.

Não... Não estou me confundindo. Tenho certeza de que nunca vi esse rabo de cavalo, esse boné e essa bermuda antes. Nem essa ridícula camiseta azul-marinho.

Caramba, essa garota não estava aí ontem!

Os olhos... Os olhos dela.

Não é possível.

São azuis.

Como a camiseta.

O recado no meu celular. Os olhos dela, a camiseta.

O mesmo aviso sempre, sempre, sempre:

– Não confie na garota de olhos azuis, ela vai tentar acabar com você.

Não está dando pra ver direito.

São azuis, sim, tenho certeza.

Azuis!

– Ei, garota, preciso falar com você. Aqui, eu. Ei, espere um minuto.

Eu vou a passos largos na sua direção. Ela está prestes a atravessar a avenida. É nessa hora que ela finalmente me vê.

– Cuidado, menina, olha o sinal fechado, ei... Cuidado, o ônibus!

As pombas e os pedestres se assustam.

– Essa não.

Paula

Fim de jogo. É, droga, droga, droga. *Game over.* Atropelada por um ônibus... Que jeito mais besta de morrer.

Já morri duas vezes. Quantos pontos será que perdi?

Na primeira vez foi muito mais emocionante: queda livre do alto do edifício Antares. Eu abri bem os braços e as pernas e, uau, parecia que eu estava voando.

Este jogo está cada vez melhor. Eu, que pensava que já conhecia todos os seus truques... Quantas vidas será que ainda tenho?

Hoje vou ficar de olho bem aberto. Não quero ser pega novamente distraída.

Se ao menos as regras fossem mais claras... Quando parece que estou começando a sacar qual é o objetivo do jogo, catapum, eu danço legal.

A culpa foi do gorducho que ficou me chamando. Do gorducho e do sorvete, que estava delicioso. Me distraí, dancei.

Onze horas. Xô, preguiça. Agora é hora de levantar da cama e começar tudo de novo.

Não consigo sair da primeira fase. Todo dia acordo na casa da tia Vilma, todo dia as pessoas fazem sempre as mesmas coisas.

A grande dica só pode ser a mensagem deixada na minha caixa postal, o *e-mail* de origem desconhecida. Preciso descobrir o que significa. Custe o que custar, preciso descobrir. Não quero morrer de novo. É chato. Além disso, dói.

Quero passar para a próxima fase o mais rápido possível. Já estou cansada de acordar todo dia neste quarto, já estou de saco cheio de ter que ouvir as pessoas dizerem sempre as mesmas coisas. Blá-blá-blá. É muito chato.

Dentro de cinco segundos a tia Vilma vai botar a cara no vão da porta. Cinco, quatro, três, dois, um. Olha ela aí.

– Bom dia, preguiçosa.

– Oi, tia.

Agora ela vai perguntar da festa.

– A festa estava boa, hein? A que horas vocês chegaram ontem à noite?

– Muuuiiito tarde. Nem lembro a hora.

Essa é a deixa pra eu virar de lado, olhar a cama vazia e perguntar:

– Cadê a Vitória?

Eu sei que a minha prima acordou supercedo e foi para a academia. Eu sei disso porque já ouvi a resposta da minha tia muitas vezes. Mas algo sempre me diz para não contrariar as regras do jogo. Não tenho certeza, mas sinto que eu acumulo pontos sempre que me sujeito a elas.

– A Vitória saiu cedo. Foi malhar. Sua prima não toma jeito. Ela é magra de dar dó, mas não para o regime e não sai da academia por nada deste mundo.

– Ontem na festa ela comeu dois salgadinhos a mais, isso foi o que ela disse. Ela deve estar querendo perder essas supercalorias extras, só pode ser isso.

Minha tia sai para cuidar da sua vida e eu ainda fico enrolando um pouquinho na cama. Depois levanto, sento na frente da escrivaninha e ligo o computador. Enquanto o sistema está sendo iniciado, ligo o CD *player*. Abro minha caixa de mensagens e lá está o solitário *e-mail* do missivista misterioso: "Cuidado com a loira de lenço vermelho na cabeça. Ela vai tirar de você o que você tem de mais precioso".

Já morri duas vezes e em nenhuma delas eu vi essa tal loira. Quem será ela? Por que ela é tão perigosa? Hoje eu vou descobrir, custe o que custar. Já faz uma semana que estou participando deste jogo virtual e até agora não saí da primeira fase. Isto aqui está ficando irritantemente monótono.

Mas antes disso vou tomar um belo banho e comer alguma coisa, que ninguém é de ferro.

Ah, que delícia, adoro esse jato de água quente massageando minhas costas, esse vapor gostoso. É tão relaxante... Essa toalha fofa e cheirosa, hum... É por isso que eu sempre digo "nãããooo" quando a Vitória insiste em me levar pra acampar. Eu, hein? Dormir no chão e tomar banho no rio gelado?! Só pode ser brincadeira. A pessoa tem que ser muito doida pra trocar o conforto da civilização pela dureza da natureza.

Imagina se no mato dá pra comer um pão quentinho com queijo derretido, como este que acabo de tirar do micro-ondas?

Agora, aproveitando que a tia Vilma vai ao supermercado, vou tratar de refazer todas as minhas anotações. Já me acostumei com isso: toda manhã, depois do café, eu refaço meu bloco de reflexões.

Anoto tudo de novo. Na manhã seguinte eu sei que ele estará em branco, mas nunca perco a esperança de passar por esta fase e mudar os parâmetros do jogo.

Tudo começou depois da festa de aniversário da Kiki. A festa foi na *lan house* do pai do Guto. Jogamos *Apocalipse* a noite toda. Eu estava meio desconcentrada, fui capturada três vezes e só consegui escapar do purgatório porque meus amigos me ajudaram. Eu, que sempre liderava todos os ataques, parecia a idiota do grupo. O Belzebu, depois de enviar vários avisos furiosos, até gritou lá do seu nicho:

– Ei, Trinity, acorda, mulher! Desse jeito a gente vai parar no inferno antes da noite terminar.

A Vitória não quis participar do jogo, ela preferiu ficar na pista de dança com o Magro.

O dia seguinte, uma sexta-feira 13, foi normal, sem grandes emoções. Joguei *Apocalipse* só à tarde, no computador da Vitória, e à noite fomos ao cinema assistir a um filme bobo sobre realidade virtual. Produção coreana. Dá pra acreditar? O que os coreanos entendem de cinema ou de realidade virtual? Nada. Pra piorar a situação a distribuidora brasileira resolveu rebatizar o filme. Ficou sendo *Apocalipse*, como o nosso jogo predileto. Pisaram feio na bola. O enredo era tão sem sentido, os diálogos eram tão ingênuos que mais tarde, em casa, dormi muito mal e tive pesadelos a noite toda.

Aí o jogo começou pra valer: depois desse sono intranquilo, acordei no mesmo dia anterior, na mesma sexta-feira 13. Ou seja, hoje. Isso já faz uma semana.

Todo dia, quando eu acordo, encontro o mesmo recado na minha caixa de mensagens: "Cuidado com a loira de lenço vermelho na cabeça. Ela vai tirar de você o que você tem de mais precioso".

Que é que eu tenho de mais precioso?

A vida, é óbvio.

A pergunta é: como essa mulher misteriosa vai tirar minha vida se isso é impossível? Já morri duas vezes e continuo aqui. A menos que ela tenha o poder de tirar minha vida pra sempre, ou seja, de me jogar definitivamente pra fora do jogo.

Pode ser isso. É melhor eu anotar...

Outro ponto importante que precisa ser anotado: o que eu sei sobre este jogo?

Nada.

Absolutamente nada.

Não conheço as regras, não conheço o número de fases e não sei qual é o meu objetivo. Além disso, estou sozinha. Não há mais ninguém conectado, não há outros jogadores com quem eu possa interagir. Pelo menos não encontrei nenhum até agora.

Vamos, Trinity, põe o cérebro pra funcionar.

Também já vasculhei a internet atrás de informações sobre este jogo e não encontrei nada, nem o seu nome, nem o nome do fabricante, nem as dicas dos especialistas, nada. Se esta simulação era pra parecer o mundo real nos mínimos detalhes, olha, os caras fizeram um ótimo trabalho.

Opa, o celular. Onde foi que eu deixei? Aqui está. Quase ia esquecendo:

– Fala, Magrela. – É assim que eu sempre chamo a minha prima. Ela odeia.

– Paulinha, tô morta. Nunca malhei tanto.

– Se continuar assim você ainda vai destruir a academia.

– Você sabe, o mundo é dos magros... O que você vai fazer hoje à tarde?

– Não sei... A princesa das anoréxicas vai vir almoçar em casa?

– Costela de porco, polenta, batata frita, arroz e feijão? Nem pensar! Vou comer uma salada aqui mesmo. Tô entrando no elevador. O vegetariano daqui é nota dez.

Nem preciso dizer que eu já sei tudo o que ela vai dizer, porque o que ela vai dizer é o mesmo que ela diz todos os dias. Mesmo assim, é importante respeitar essa repetição. Algo me diz que ela é a essência do jogo. É. Algo realmente me diz – pode chamar isso de intuição feminina – que na repetição está a chave que abrirá a porta para outro plano, para outra fase muito mais emocionante do que esta. Mais tarde ela vai me convidar para ir ao cinema. Não sei se quero assistir àquele filme coreano de novo. Enquanto penso sobre tudo isso, Vitória reclama do outro lado:

– Alô-ôôô, Terra chamando Rabo de Cavalo, tá tudo bem aí?

– Tá... Tá tudo bem. Foi só... um devaneio.

– Que é isso, prima? Sonhando acordada? Quem é o gato?

– O gato?

– Você não disse *devaneio*? Disso eu entendo muito bem. Devaneio é quando a gente fica com cara de boba pensando no garoto mais fofo do colégio. Ah, não vai dizer que o teu devaneio foi com alguém feio e sem graça?!

– Para com isso, sua doida. Vamos ao que interessa. Não, eu não tenho planos pra hoje à tarde.

Como se eu não soubesse que ela vai me convidar para ir ao clube. Depois ao cinema.

– É bom mesmo, porque na minha opinião você está precisando ir comigo ao clube tomar um pouco de sol. Não adianta fazer cara feia, não. Esse teu corpinho desbotado está necessitando urgentemente vestir um biquíni.

– Você tem toda razão. Eu topo.

– Jura?!

– Por que o espanto?

– Jura que você vai mesmo comigo ao clube, em vez de ficar a tarde toda na frente do monitor? Tô abobada! Vou ser legal com você. A gente pode até pegar um cineminha à noite.

Nas vezes passadas eu respondi diferente: eu disse que preferia mil vezes ficar jogando *Apocalipse* na *lan house* do pai do Guto ou até mesmo em casa do que ficar ouvindo a conversa fiada das patricinhas anoréxicas, estirada ao lado da piscina. Mas, pensando bem, talvez esse esteja sendo o meu erro. Talvez a melhor alternativa seja mesmo seguir a Vitória. Quem sabe a pista que eu tanto procuro não esteja em algum lugar desse estúpido clube.

– Minha salada chegou. Te vejo daqui a pouco na frente da academia.

– Até já, prima.

Pronto, está decidido. Hoje meu dia vai ser diferente. Vou ao clube. Estou cansada de andar sempre pelos mesmos lugares, até já decorei praticamente todos os movimentos e todas as falas das pessoas. Pelo menos na companhia das patricinhas anoréxicas vou experimentar a ilusão de estar no mundo real (ai, que saudade), porque tudo o que elas disserem eu estarei ouvindo pela primeira vez. Primeira e única. Uma vez só já basta. Encontrando ou não uma boa pista, não volto lá nunca mais. Detesto o sol.

Por falar em mudança, hoje nada de rabo de cavalo, e esta camiseta azul está me incomodando. Já cansei dela. Chega de usar a mesma roupa todo santo dia. Vou trocar pela preta. Também vou deixar aqui o boné. Esta bermuda, ah, nem pensar. Foi com ela, o boné e a camiseta azul que eu fui atropelada pelo ônibus.

É isso. É melhor eu trocar de roupa.

Cadê meu biquíni? Ih, uma hora, é agora que a Maria vai chegar ao pé da escada e me chamar.

– Paulinha, o almoço tá na mesa.

– Já vou, Maria.

– Desce logo senão vai esfriar.

– Minha tia já chegou?

Eu sei que ela ainda está no trânsito. Mas tenho que representar bem o meu papel, né?

– Ela acabou de telefonar avisando que já está chegando. Disse que se você estiver com fome já pode se servir.

– Fome, eu? A esta hora? Nem pensar. Acabei de tomar o café da manhã.

Vamos ver: biquíni, toalha, protetor solar, óculos escuros, MP3 *player*, tá tudo aqui. Agora é só pegar os óculos escuros e o bronzeador da Vitória. Daqui a pouco ela vai telefonar pedindo.

Mochila feita, já posso sair. Mas antes vou comer qualquer coisinha, só pra enganar a Maria e a tia Vilma.

Bela mesa, bela mesa.

Até que esta costelinha não está nada mal. A Maria é gente muito boa, mas cozinha maaaaaal. Ainda bem que hoje ela acertou a mão.

Daqui a quinze minutos a campainha vai tocar e a vizinha vai entrar aflita perguntando se a gente viu seu querido Hércules, é, seu amado *poodle*, "Vocês viram meu fofucho, viram, ele veio pra cá?", ela vai perguntar.

Mal sabe ela que neste exato momento seu fofucho está trocando carícias e lambidas com a cadela do síndico do prédio em frente.

Olha aí a campainha.

– Pode deixar, Maria, eu atendo. Já terminei de almoçar.

Enquanto eu limpo a boca e afasto a cadeira da mesa a Vitória me chama de novo. Eu também já esperava esse telefonema. Coisa rápida. Ela quer que eu leve comigo os seus óculos escuros e o seu bronzeador. Vou abrindo a porta e falando para a minha prima relaxar:

– Fica sossegada, Vi, eu levo os teus óculos e o teu...

Paro a frase no meio porque não é a vizinha quem está à porta. Não é mesmo.

É um homem gordo, careca e narigudo, de aparência cansada. Sua testa está molhada de suor e seus olhos piscam sem parar. Ou ele veio correndo até aqui ou está bastante nervoso.

– Paulinha, você ainda tá aí? Alô-ôôô, Terra chamando Rabo de Cavalo...

Foi exatamente isso que o homem gordo murmurou:

– Os olhos azuis... Mas cadê o rabo de cavalo, o boné, você não...

No segundo seguinte eu começo a lembrar do seu rosto: foi ele quem me chamou no dia anterior, me distraindo e provocando meu atropelamento.

Eu fecho o celular com a Vitória ainda gritando. Nesse instante muitos pensamentos riscam minha mente. O último e também o mais importante é: esse homem é como eu, ele não pertence ao jogo. Ele só pode ser outro jogador. Do contrário não estaria aqui me olhando desse jeito.

Que nervosismo! Suas mãos não param quietas: ficam indo e voltando, se esfregando, entrando e saindo dos bolsos.

Tenho certeza, pela sua expressão de espanto e preocupação, de que ele está pensando a mesma coisa que eu. Tenho certeza de que ele está tão feliz e ao mesmo tempo tão intrigado quanto eu.

– Graças a Deus você tá viva – ele gagueja. – Eu estava me sentindo muito culpado por ter provocado tua morte.

Devagar eu dou um passo à frente e fecho a porta, deixando a Maria falando sozinha na sala. Peço a ele que faça silêncio, indico a calçada a poucos metros de nós e começamos a andar para longe da casa.

– Meu nome é Paula.

– Eu sou o Heitor.

Damos alguns passos em silêncio.

Não estou espantada com o fato de ele ter descoberto meu endereço. Ele deve ter me visto na rua e me seguido até aqui. É o que eu faria, se estivesse na sua situação e ele na minha.

– Então, Heitor... Qual é a grande dica?

– Grande dica?

– É. Estou aqui há dias e ainda não consegui mudar de fase. Nem sei como anda a minha pontuação.

Damos mais alguns passos em silêncio. Ele para, coça a careca, olha pra mim, olha para o movimento na avenida e pergunta:

– Como assim, mudar de fase? Não estou entendendo... Pontuação?

"Que papo é esse?", eu penso. Observando bem, o vovô aí não tem nenhuma pinta de jogador de MMO. Sua expressão é mesmo de alguém bastante desnorteado. Caramba, como foi que ele entrou no jogo?

– Você não está jogando? – eu pergunto meio irritada. – Você não tem um número de usuário e um apelido? Você não digitou uma senha? Como foi que você se conectou?

– Como eu o quê? Jogando... Jogando o quê?

O barulho na avenida está insuportável. Além dos carros, um bando de crianças uniformizadas passa por nós fazendo muita algazarra. Voltamos a andar, principalmente para fugir dessa balbúrdia. Lado a lado, damos mais alguns passos em silêncio.

– Olha, Heitor, não estou entendendo nada. Se você não está participando do jogo, como foi que você veio parar aqui? Você não está conectado?

– Conectado? Ah, entendi. Conectado a um computador! Você está falando desses jogos pela internet... Claro que não. Eu tenho cara de quem fica perdendo tempo com joguinhos virtuais?

Não, não tem. Milhares de possibilidades continuam passando pela minha mente: por exemplo, o velhote pode ser uma entidade criada pela inteligência artificial que coordena o jogo. Uma entidade enviada pra me confundir. O problema é que ele parece muito mais confuso do que eu.

– Ah, meu santo Antônio de Pádua! Olha, menina, você não me parece maluca, então para com essa história de jogo. Isto aqui não é uma brincadeira de computador! Isto aqui é uma prisão, tá entendendo? Uma prisão!

– Prisão?

– É, uma prisão de segurança máxima. Você não lê a *Bíblia*, não? Nunca ouviu falar de um lugar terrível aonde vai parar a alma de todos os pecadores? Um lugar de onde é impossível escapar? Pois estamos nele.

– No inferno? – eu começo a rir. Essa realmente foi a maior bobagem que eu podia ter escutado.

Ele me olha zangado. Suas mãos não param quietas:

– Há quanto tempo você está aqui?

Eu peço desculpas por não ter conseguido controlar o riso, respiro fundo, me concentro e conto parte da minha história. Ele fica espantado:

– Mas... Chegamos praticamente juntos!

– Você também entrou no jogo há uma semana?

– Exatamente há uma semana. Desde que morri de ataque cardíaco. Você morreu como? Seus pais devem ter ficado muito tristes, você ainda é tão jovem.

Não sei se estou entendendo perfeitamente o que ele está dizendo. Então eu explico que morri duas vezes, mas só no jogo.

– A pancada do ônibus eu vi, deve ter doído à beça... Ei, para com essa papagaiada de jogo. Isto aqui não é um *videogame*. Tô falando de morte pra valer. Ninguém vem pra cá sem antes ter desencarnado.

Morrer de verdade? Que idiotice é essa?! Nessa parte da conversa eu fico muito séria e faço um T com as mãos. Tempo, pelo amor de Deus.

Entre dois edifícios altos há uma praça. Paramos de andar e sentamos num banco de madeira. À esquerda e à direita, acomodadas em outros bancos iguais ao nosso, velhinhas dão comida aos pombos e babás conversam animadamente sobre futilidades amorosas.

Eu estou confusa. Ele também está visivelmente confuso. Inferno? *Game*? Nossas crenças começam a ser abaladas.

– Se isto aqui é o inferno, cadê o capeta, cadê o fogo? – eu provoco.

Ele sorri de modo condescendente e superior:

– Que bobagem, menina. Você está mesmo esperando algo desse tipo? Isso aí é mitologia, fábula, lenda... Conto da Carochinha. História grosseira pra assustar as crianças. O inferno sempre foi outra coisa mais sutil. Olha só em volta, na aparência ele é idêntico ao mundo dos vivos. Mas só na aparência... O castigo também é mais sutil. Passar toda a eternidade sozinho, revivendo sempre o mesmo dia, sem poder conversar com ninguém sobre isso, ora, pra você essa situação não é assustadora?

– Você não está sozinho agora. Eu estou com você, não estou? Nós estamos conversando sobre isso.

– Ô minha santa Clara, eu sei, eu sei, mas... Quem garante que você não é parte do castigo? Tô falando das sutilezas de Satanás.

– Raciocina comigo, vovô. Muitos jogos de computador são assim: na aparência, as pessoas, os prédios e as árvores são idênticos aos do mundo real. Esse é o grande barato dos *games*: a ilusão perfeita. O fato de o jogador permanecer sempre no mesmo lugar – no mesmo tempo e no mesmo espaço –, ora, isso faz parte das regras do jogo.

– Mas você mesma disse, é, você mesma disse que não se lembra de ter entrado neste *jogo*. Você disse que foi ao cinema, depois foi pra cama, dormiu mal pra caramba e ao acordar estava aqui! E eu?! Como eu vim parar aqui? Isso não é muito esquisito?

– É sim, eu sei. Mas isso também pode fazer parte das regras do jogo. Sei lá, às vezes o jogador não se lembra de muitos detalhes da sua vida porque as diretrizes do programa não deixam... Parte da sua memória pode ter sido apagada. Você pode ter entrado no jogo e depois ter esquecido que entrou. O desafio é esse. A gente tem que agir feito detetive. A gente tem que investigar e encontrar as pistas e as passagens que levam aos outros níveis.

– Outros níveis... O inferno também está cheio de níveis. Milhões, bilhões, trilhões. Cada pecador tem um nível só pra ele.

– Então como é possível que estejamos juntos? Ah, já sei, como você mesmo diz, sutilezas de Satanás.

Eu fico quieta. Ele fica quieto. Eu suspiro. Ele suspira. Nós dois logo vemos que essa discussão não vai levar a parte alguma. Eu continuo convencida de que estou jogando o *game* mais empolgante, desafiador e realista que já vi em toda a minha vida. Ele não larga esse papo de vida após a morte e de punição eterna (que será que ele fez de tão sério assim pra merecer ser castigado eternamente?).

Ficamos novamente em silêncio, desanimados, observando as pessoas na calçada. Algumas apressadas, outras vagarosas, algumas alegres, outras de cara fechada. Jovens, maduras, velhas. Todas preocupadas com seus assuntos particulares, todas mergulhadas na ignorância, sem saber que não são de carne e osso, sem saber que são apenas uma fantasia virtual.

Seu celular toca um acorde da *Nona sinfonia*. É a sua mulher pedindo a ele que passe no supermercado e compre manteiga, azeite e filé-mignon.

Meu celular toca o refrão do último sucesso da banda Crise. É a Vitória querendo saber a que horas eu vou chegar à academia:

– Onde você está? Se você demorar muito eu vou sozinha.

– Já tô indo, Vi. Tô perto do ponto de ônibus.

Mentira. Eu estou longe do ponto. Muito longe. E nem ao menos trouxe comigo a mochila em que coloquei os apetrechos: a toalha, o biquíni, os óculos e tudo o mais.

Ficar papeando com o velhote é perda de tempo. Eu levanto e começo a andar na direção de casa. Ele desliga o celular e grita:

– Ei, aonde você vai? Ainda temos muito o que conversar.

– Fica pra outra hora, Heitor... Seu nome é Heitor, né? Agora eu tenho que ir. Já são quase duas e meia. Você sabe, daqui a pouco vai dar aquela pancada de chuva, sempre a mesma pancada. Em meia hora eu quero estar no clube para aproveitar o final da tarde.

– Espera. Eu preciso saber por que eu tenho que tomar cuidado com você. Até agora não entendi...

Eu paro a dez metros do banco:

– Tomar cuidado comigo? Como assim?

– Eu também não compreendo. Todo dia de manhã meu celular toca e alguém diz “Não confie na garota de olhos azuis, ela vai tentar acabar com você”. Por que você tentaria acabar comigo? Nós nem nos conhecemos, eu nunca te fiz nada de mau.

Essa revelação me paralisa. Lembro do recado na minha caixa de mensagens. Toda manhã sempre o mesmo recado: “Cuidado com a loira de lenço vermelho na cabeça. Ela vai tirar de você o que você tem de mais precioso”.

Volto devagar ao banco, tiro do bolso do *jeans* um papel dobrado e entrego ao velhote. Ele lê com atenção a mensagem impressa em vermelho, depois dobra o papel e me devolve.

– Essa mulher... – ele balbucia.

– Não sei quem é. Nunca a encontrei por aqui.

De repente seus olhos pegam fogo, seu rosto brilha e ele dá um pulo pra frente, como se o assento do banco tivesse se transformado numa grelha ou numa grande frigideira.

Isso me assusta. Também dou um pulo, mas pra trás:

– Cara, que bicho te mordeu?

– Meu são João Batista! A loira de lenço vermelho.

– Que tem ela?

– Está passando bem na nossa frente!

– Onde?

– No táxi! No meu táxi!

Ele sai correndo em direção à avenida. Na verdade não tenho certeza se a meia dúzia de passos pesadões, tortos e claudicantes que o velhote dá pode ser chamada de *corrida*. Um aleijado correria melhor.

Eu vejo a mulher de lenço vermelho dentro do táxi branco. Não é possível ver direito se ela é loira, ruiva ou morena. Mas o lenço é sem dúvida vermelho. Em vez de acompanhar o velhote, eu fico em pé, as mãos no peito, a boca aberta, quase sem respirar. Que covarde que eu sou! Simplesmente não consigo ir atrás do Heitor.

O trânsito na avenida está bastante complicado. O táxi diminui a velocidade. Heitor também.

Então a mulher de lenço vermelho, sentada no banco de trás, finalmente olha pra nós dois. Ela olha mais pra mim do que para o velhote. Ele, por sua vez, já não presta atenção nela. Ele olha agora para o motorista.

– Você? – Heitor está perplexo. – Vocêêê?!

Ele olha pra mim, depois para o motorista, depois pra mim. Seus braços abanam, como se ele pretendesse levantar voo.

Eu crio coragem e me aproximo um pouco. Dirigindo o táxi está um homem estranho, sisudo e assustador. Não do tipo forte e assustador. Não do tipo truculento e assustador. Não do tipo agressivo e assustador. É um homem do tipo pálido, frágil e assustador, muito magro e muito alto. Tão magro e tão alto que é obrigado a dirigir meio encurvado, a nuca no teto, os joelhos cutucando o volante. O cara veste um terno preto e seus óculos escuros já saíram de moda há muito tempo.

– Ele – Heitor grita olhando pra mim e apontando o sujeito.

O motorista parece reconhecer o gorducho. Então, aproveitando uma brecha no trânsito, ele arranca, levando embora a passageira que, durante muitos metros de avenida, não desgruda os olhos de nós dois.

– Quem é ele? Quem é ela? – eu pergunto.

– Não sei. Mas levaram o meu carro. Malditos!

Olho para o chão e noto que a sombra do Heitor está cada vez maior.

Sei que parece bobagem, afinal é só uma sombra. Mas acho isso esquisito. Tudo bem, assuntos mais sérios estão em andamento. Roubaram o carro desse cara que acabo de conhecer. Desse cara que deveria trazer respostas mas só trouxe mais interrogações. Que importa sua sombra?

O problema é que ela está crescendo.

Heitor, me vendo olhar para o chão embaixo dos seus pés, também olha na mesma direção. E se assusta. E olha pra mim querendo entender o que está acontecendo.

– Sai daí! – eu grito.

Mas não dá tempo.

Um zumbido. Uma rajada de vento. Algo vem do céu e se arrebenta na calçada. Algo metálico. Algo pesado. Heitor só tem tempo de cobrir o sol com a mão, olhar para o alto e clamar "Minha santa Luzia!", antes de ser esmagado.

Eu quase desmaio. A avenida para horrorizada.

Nesse instante começa a chover.

Estela

Faz quinze minutos que os dois estão aí quietos, com cara de quem comeu e não gostou. Isso já está começando a me enervar. Detesto quando as pessoas se comportam desse jeito. Odeio quando ficam mudas, com essa expressão abobalhada, como se fossem feitas de gesso ou sal.

Nos conhecemos na praça. Foram os dois que me encontraram. Pensei que fossem uns fãs querendo um autógrafo. Chegaram devagar, se apresentaram... Que dupla estranha. Agora estamos aqui. Ô situação chata!

Abro minha bolsa procurando um chiclete mas não acho nenhum. Encontro só o bilhete que guardei hoje de manhã. É o mesmo bilhete que todo dia sempre aparece na gaveta do criado-mudo: "Cuidado com o policial à paisana, ele é indisciplinado e ruim de mira, e vai acertar você acidentalmente".

Amasso o papel, jogo de volta na bolsa e continuo esperando.

A menina é meio mal-humorada, logo vi. Mal-humorada e teimosa. Não prestou a menor atenção no que eu disse. Felizmente o senhor parece ter bom senso. Desde o início ele deixou bem claro que desconfia muito de todo tipo de sabichão e sabe-tudo. Ele não acredita em mim. Mas não há dúvida de que é inteligente. Mais cedo ou mais tarde vai acabar entendendo e aceitando meus argumentos.

Só não sei se foi boa ideia dar as revistas para os dois lerem.

Faz quinze minutos que estão aí quietos, folheando, folheando, folheando... Ler que é bom, nada. Ficam passando os olhos de lá pra cá, apreciam mais as figuras do que os textos, bocejam, se distraem com qualquer barulhinho lá fora, coçam o cotovelo e o queixo, parecem crianças entediadas!

Olha só, já são quase seis horas e continuamos empacados, não fizemos quase nada de produtivo hoje. Que desperdício de tempo. Se ao menos eles confiassem em mim. Por que isso é tão difícil? Não precisam entender os detalhes da minha teoria, só precisam confiar em mim. Noventa e nove por cento do planeta não entendeu os detalhes da teoria especial da relatividade quando Einstein apareceu com ela, mesmo assim as pessoas acreditaram e confiaram nele.

Eu sei, é porque não sou uma cientista célebre. É isso, eu não sou uma cientista conhecida no mundo todo. Não sou famosa, não dirijo um grande centro de pesquisa, não participo de congressos e simpósios, não ganhei o Nobel de física ou coisa parecida. É por isso que não me ouvem. Por isso e porque eu não sou nem ao menos uma cientista.

Sou só alguém que sempre finge ser outra pessoa. Tudo bem, eu compreendo.

Como posso exigir que todos acreditem na minha teoria? Eu devia era repetir pra mim mesma todo dia: “Para com isso, Estela, além de não ser famosa você não é sequer uma cientista". Sou só uma atriz. E, pra piorar tudo, uma das menos conhecidas.

Mas isso não me deprime. Eu gosto do que faço e não estou nem aí pra fama. Adoro atuar no teatro. Adoro atuar no cinema. Adoro atuar na tevê. Célebre ou não, o importante é fazer o que a gente gosta. Para o inferno com a fama.

Epa, é melhor eu não usar essa palavra, *inferno*. Senão o senhor aí vai começar com a sua ladainha. Ele fica folheando as revistas, tentando entender os artigos que eu marquei com um clipe, mas não larga sua *Bíblia*. Pra ele nós três estamos aprisionados no inferno, e ponto final.

Já a menina acha que a gente está num jogo virtual. Acha, não. Ela tem certeza. Pra ela cada um de nós está neste exato momento conectado a um computador, imaginando que está aqui neste quarto de hotel. Pra ela estamos usando um capacete com óculos e fones de ouvido especiais, que com a ajuda dos programas certos cria esta ilusão de realidade. É assim que os jogadores conseguem interagir uns com os outros e com o cenário digital. Isso é o que ela diz.

O nome da garota é Paula e o do senhor de óculos encardidos é Heitor.

Os dois estão aí há mais de duas horas, sentados no sofá da pequena sala do meu quarto no Babel Hotel. No começo falavam pelos cotovelos, agora estão quietos, aborrecidos, desanimados.

Heitor desistiu de folhear as revistas científicas que passei aos dois. Prefere acender um cigarro e ficar passeando os olhos pela *Bíblia*.

Então ele fecha o livro sagrado, olha fixamente pra mim, estala os dedos e diz espantado:

– Lembrei.

– Lembrou o quê? – eu pergunto.

– Não foi você quem fez o papel da secretária da vilã na última novela das oito? Como era mesmo o nome da novela? Ah, era *Paixões provisórias*.

– Eu mesma.

– Ufa, minha santa Luzia, demorou mas eu lembrei. Por que você não disse isso antes?

– Porque isso agora não é relevante, ora! Que importância tem saber quais papéis eu representei? Nenhuma. Saber se eu fui ou não a secretária da Vilma Toledo na última novela das oito não vai tirar a gente daqui.

Ele pigarreia e abaixa os olhos encabulado.

Paula também fecha as revistas, faz uma pequena pilha com todas elas e a coloca na mesinha de centro, resmungando:

– Interessante.

– Interessante? – eu repito, imitando sua entonação desleixada e mudando de posição na poltrona. – Só isso? Só *interessante*?

– Vamos ver se eu entendi. Na sua opinião nós não estamos no inferno do Heitor nem no meu *supergame*.

– Isso mesmo.

– Na sua opinião nós somos vítimas de uma falha nas leis da física.

– Bingo. Finalmente a ficha caiu, hein?

– Olha, eu li os artigos que você me mandou ler. Não li tudo, porque eu não tenho muito saco pra essa ladainha científica. Também não posso garantir que entendi tudinho o que eu li. Sabe, esse lance dos buracos negros, da velocidade da luz, da curvatura do espaço, das viagens no tempo... Também pulei todas as equações matemáticas. Na escola eu nunca fui boa em matemática. Mas agora eu sei aonde você quer chegar.

– Ótimo. Isso me deixa bastante aliviada.

– Espera aí, eu disse que sei aonde você quer chegar, mas não disse que concordo com você.

A garota é mesmo dura na queda.

Eu levanto da poltrona e abro a janela da sala pra deixar sair a fumaça do cigarro. A brisa que vem do alto acaricia meu rosto. Ah, que delícia. Gosto de sentir esse cheiro bom que sempre fica depois da chuva: o delicioso cheiro de terra e planta molhadas.

Também acendo um cigarro, fico de costas para a janela, os cotovelos apoiados no peitoril, e pergunto ao Heitor:

– E você? Que me diz? Concorda comigo ou não?

Ele pigarreia de novo, apaga seu cigarro no cinzeiro, ajeita os óculos encardidos e reclama:

– É claro que não. É claro que não concordo com você. É claro que não concordo com você nem com ela. As duas pra mim são malucas. Ficam o tempo todo falando em escapar daqui, como se isso fosse possível. Aceitem a realidade: ninguém escapa do inferno. Não até o dia do Juízo Final. Essa é a única regra neste lugar.

Suas mãos tremem levemente.

Ele ainda está em estado de choque com o que aconteceu ontem. Não é pra menos, não é todo dia que a gente é esmagado por um satélite da Nasa.

Eu fecho os olhos e me concentro no delicado toque da brisa. Ah, o cheiro da chuva. Isso sempre funciona quando percebo que estou prestes a perder a paciência.

Eu sou assim: tudo me tira do sério. Por qualquer bobagem meu sangue ferve. Fico furiosa se ouço um mosquito no quarto ao lado quando estou tentando dormir. Grito e esperneio se o café tá frio demais, xingo e arranco o cabelo se o chá tá quente demais. Eu sou assim, fazer o quê?

Por isso, quando sinto que estou à beira de um ataque de nervos ou de pânico, costumo fechar os olhos e respirar fundo. Sempre funciona.

Mais relaxada, abro os olhos e digo com a voz mais aveludada de que sou capaz:

– Sinto decepcionar vocês. Sinto mesmo. Mas, não... Não, meus queridos. Isto aqui não é um jogo nem o inferno.

– Ai, ai, ai. Aí vem ela com a mesma lenga-lenga de antes – Paula resmunga, depois tosse. – Dá pra apagar esse cigarro? Desse jeito eu vou morrer asfixiada.

– Sim, meu bem. Aí vou eu com a mesma lenga-lenga de antes. Eu não vou deixar os dois em paz enquanto vocês não pararem de falar bobagem.

Heitor baixa os olhos, resmunga o nome de um santo e se encolhe um pouco. Noto que ele não tem coragem de me encarar. Ele tem medo de mim, é, tenho certeza. Que idiota. Um sujeito desse tamanhão com medo de uma mulher miúda como eu.

Na verdade ele tem medo do meu cabelo loiro e do lenço vermelho que eu nem estou usando agora.

Dou mais uma tragada, apago o cigarro no cinzeiro da mesinha de centro e volto ao ataque:

– *Ciência Hoje, Dimensão, Física & Astrofísica, Cosmo Contemporâneo, Supernova, Tempo & Espaço, Origem, Matéria & Antimatéria.* Essas revistas que eu passei pra vocês são as melhores revistas científicas do mundo civilizado. Eu assino todas elas. Como já deu pra perceber, os artigos marcados com clipe falam do tempo.

– É, já deu sim. Legal, esse seu *passatempo*. Melhor do que palavras cruzadas. Pena que a gente não teve *tempo* de ler todos os artigos. Peço desculpa pelo *contratempo*, mas a vida é assim mesmo: tem o *tempo* das vacas gordas e o *tempo* das vacas magras. Depois da calmaria sempre vem o *temporal*.

– Pode debochar à vontade, Paula. O fato é que o universo é muito mais complexo e intrigante do que você imagina. Vocês, gente simples, pensam que o mundo só tem três dimensões espaciais: altura, largura e profundidade. Mas neste exato momento muitos físicos teóricos acreditam que o universo não está restrito a apenas essas três dimensões. Podem haver mais: quatro, cinco, seis, dez, quinze, dezenas, milhares. É, queridos, os cientistas também acreditam na existência de zilhões de universos paralelos. Está tudo aí nos artigos que eu selecionei. Muitos físicos propõem que o próprio tempo também possui muitas dimensões. Talvez até mesmo infinitas dimensões. Universos paralelos, realidades paralelas: o tempo se comportando de maneira diferente em toda parte, só pode ser isso, gente.

Heitor grunhe qualquer coisa e muda violentamente de posição no sofá, que treme com o seu peso, quase arriando. Paula leva o maior susto e dá um tapa no braço dele.

– Pensem nisso por um minuto, vocês dois: muitos universos, muitas dimensões temporais. Olhem só este artigo de uma equipe de pesquisadores dinamarqueses. Esses caras têm certeza de que o tempo pode se comportar de diferentes maneiras em diferentes universos.

– Que patacoada – a garota torna a resmungar, agora cruzando os braços.

– Patacoada nada. Por que o tempo teria que funcionar do

mesmo jeito em todo lugar? Em nosso universo ele segue pra frente, mas em outro universo ele pode muito bem seguir no sentido contrário.

– Ao contrário? – Heitor pergunta. Pelo brilho novo nos seus olhos percebo que ele está começando a se interessar pela conversa.

– É, de trás pra frente. Lá as pessoas nascem bem velhas e vão rejuvenescendo até desaparecerem no útero materno. A chuva vai da terra para o céu e os pássaros quando voam sempre engatam a marcha a ré.

Heitor ri. Pelo visto o medo passou. Tenho que reconhecer que ele fica bem melhor assim mais descontraído.

– Em outros universos o tempo corre em zigue-zague. Ou em espiral. Ou aos saltos. Ou em círculo, repetindo sempre o mesmo período. Pode até ser que lá haja pessoas idênticas a nós vivendo vidas muito parecidas com a nossa, mas em outro ritmo.

Paula levanta do sofá, ajeita o rabo de cavalo e diz que precisa ir embora porque já está ficando tarde:

– Minha tia é muito legal, mas às vezes ela vira uma onça. Se eu me atrasar para o jantar, ah, o *tempo* vai fechar pra valer.

Eu jogo minha última cartada:

– Olha, gente, eu sou só alguém que sempre curtiu essas teorias malucas da física contemporânea. Sou atriz, não cientista. Mas tenho certeza de que o que estamos vivendo é uma falha nas leis da natureza. É isso, de alguma forma o nosso universo entrou em contato com outro. Sei lá, pode ter sido só um esbarrãozinho. Mas isso mexeu com o tempo dos dois universos.

Paula dá a volta na sala, para na frente da janela e observa o céu estrelado de Cobra Norato. Ela está indecisa, sem saber se vai embora ou se fica mais um pouco.

Eu, desanimada de tentar convencer os dois da minha teoria, resolvo partir em outra direção:

– Tudo bem. Vamos deixar de lado, pelo menos por enquanto, a discussão sobre onde nós estamos. Inferno astral, jogo eletrônico ou falha nas leis da física, depois nós decidimos. Agora vamos juntar nossas forças pra tentar sair daqui, seja lá que lugar for este.

– O magrelo – Paula retruca.

– Quem?

– O motorista do táxi. Sabe, tô falando do táxi em que você estava ontem à tarde. O motorista magrelo.

Nessa hora o Heitor não se contém:

– Ei, espera aí, eu sou o motorista daquele táxi! Ontem o desgraçado roubou o meu carro. É o MEU carro.

– Fica calmo, Heitor. A gente sabe disso – a garota recrimina o mais novo amigo. – Sem estresse, vai. Isso foi ontem. Hoje você já recuperou seu carro. O que eu quero dizer é que esse cara é muuuiiito suspeito.

Eu concordo:

– Você tem razão, ele é esquisito mesmo.

Paula:

– Aquela cara de poucos amigos não me engana. Ah, de jeito nenhum. Aposto que ele sabe muita coisa sobre este lugar. Aposto que ele está metido até o pescoço neste mistério.

Paula continua olhando pela janela. Então exclama:

– Caramba!

– Que foi?

– Vejam só, vocês nem imaginam quem está atravessando a avenida agora.

Sem demora Heitor e eu nos aproximamos da janela.

Lá embaixo, na calçada em frente ao hotel, vemos novamente o tal tipo pálido, frágil e assustador, muito magro e muito alto, sempre de terno preto. Na mão direita, sua maleta também preta.

– Ele tá vindo pra cá. Parece que vai entrar no hotel.

– Maravilha – eu digo. – É a nossa chance de pegar esse sujeito.

Heitor, esfregando as mãos com muita raiva, quer saber:

– Então qual é o plano?

– Temos que agarrar o magrelo e trazê-lo pra cá. Precisamos interrogar o cara.

– Como assim, agarrar o magrelo? – Paula fica muito apreensiva com a minha sugestão. – Ele pode ser perigoso. Não quero me meter em encrenca. – Ela então para, pensa melhor e arma o maior sorriso:

– A menos que esse seja o objetivo do jogo... É isso! Como sou idiota, a verdade estava na minha cara. A única maneira de mudarmos de fase é capturando o magrelo!

Heitor vai até a porta, abre uma fresta de nada e resmunga enquanto observa o corredor vazio:

– A primeira vez que eu vi esse cara ele veio pra este hotel. Era noite, fui eu quem o trouxe pra cá. Mas não tenho certeza se ele está hospedado aqui, pode ser que ele esteja vindo por outro motivo, talvez pra ver um amigo, sei lá. Temos que aproveitar a oportunidade pra conseguir algumas respostas. Vamos, a barra tá limpa.

Nós três saímos sorrateiramente do quarto. Eu seguro os dois pelo braço:

– Pelo elevador não. Não quero dar de cara com ele no saguão. Vamos pela escada.

Descemos os sete andares feito gatos, no mais absoluto silêncio.

Antes de pisar no luminoso piso de mármore do elegante *hall* de entrada, paramos e nos agachamos atrás da balaustrada. Daí, desse posto privilegiado, conseguimos ver parte do movimentado *hall* e praticamente todo o balcão da recepção do hotel.

– Lá está ele – Paula sussurra. – O magrelo tá conversando com a recepcionista.

Eu pergunto ansiosa:

– Consegue ouvir o que estão falando?

– Mais ou menos. Ei, ele tá indo embora, que será que aconteceu? Ele tá saindo do hotel. Muito esquisito. Não. Parou na porta.

Está voltando. Que maluco! Parece que ele vai mesmo se hospedar aqui. Está reclamando de alguma coisa, mas... Olha lá, ele está preenchendo a ficha de entrada no hotel.

– Fica atenta, com os ouvidos ligados. A gente precisa saber em que apartamento ele vai ficar.

Paula ergue um pouco a cabeça pra ouvir melhor:

– No 602. A recepcionista está entregando a chave magnética. Ele vai ficar no quarto 602.

Eu puxo os dois, ela e o Heitor:

– Vamos pra lá agora mesmo.

Subimos correndo os primeiros lances de escada. Heitor move-se muito devagar, ele parece completamente sem gás. Com medo de que nosso fôlego vá todo embora durante a corrida, resolvemos pegar o elevador que está parado no segundo andar.

Descemos no sexto andar. O corredor está deserto.

Paula subitamente fica sem cor e segura a minha mão:

– E se ele estiver armado?

Eu também tremo na base:

– Aí nós estamos encrencados.

Heitor está meio inclinado, com as mãos nos joelhos, respirando fundo:

– Ah, minha santa Clara... Eu não estou... Ufa, nem um pouco a fim... De levar um balaço.

Então eu tenho uma ideia:

– Esperem aí, eu já volto.

Entro de novo no elevador, vou até o andar de cima, corro até o meu quarto (que descuido, deixei a porta totalmente aberta) e volto com uma garrafa de champanha.

Heitor franze o cenho:

– Que você pretende fazer com isso? Deixar o sujeito completamente bêbado?

Eu estico o braço:

– Pega logo. Isto fica com você. Se ele se meter a besta, você acerta a cabeça dele.

– Ô, meu santo Expedito, por que não trouxe algo melhor? Um bastão de beisebol, por exemplo?

– Essa é boa! Eu tenho cara de quem pratica beisebol? Você anda assistindo a muito filme americano.

Nessa hora os dois elevadores são chamados simultaneamente para baixo.

– Só pode ser ele. Os elevadores estão indo para o térreo – diz Paula.

Eu me lembro de um detalhe importante:

– Ele não vai subir sozinho. O carregador de malas na certa está vindo com ele.

– Mas não há nenhuma mala. Só uma maleta.

– Não importa. Sempre sobe alguém com o hóspede, pra mostrar o quarto e morder a gorjeta.

– Então temos que nos esconder.

– Por aqui.

Corremos para o fundo do corredor e dobramos a esquina. Eu sugiro:

– Vamos esperar o carregador ir embora. Aí eu bato na porta, fingindo ser a camareira, e nós três atacamos.

Dois minutos depois ouvimos vozes no corredor. Eu espero um pouco, depois dou uma espiada e vejo o carregador saindo do quarto 602.

– É agora, gente.

Andamos sorrateiramente até lá. Eu reúno toda a minha coragem e bato três vezes na porta. Ninguém atende. A luz do quarto está acesa, dá pra ver pelo vão entre a porta e o batente. Olho para a Paula, que olha para o Heitor, que olha pra mim. Eu bato mais três vezes e a porta abre sozinha. Eu chamo:

– Oi... Senhor... Olá...

Ninguém responde.

Entramos em fila indiana. Eu na frente, o Heitor no meio e a Paula atrás.

A porta do banheiro está fechada.

Dou dois passos para ter a visão completa do quarto. Ninguém à vista. O quarto está mesmo vazio.

Faço sinal para meus dois companheiros, apontando o banheiro.

– Ele só pode estar aí – eu sussurro.

Cercamos a porta e eu mexo na maçaneta. Cleque! A porta abre tranquilamente revelando que o banheiro também está vazio.

Heitor coça a papada:

– Aonde o desgraçado foi?

Paula esfrega os braços como se sentisse frio:

– Tô ficando com medo.

Eu me viro instintivamente:

– Olha ele aí!

O magrelo passa correndo no corredor.

– Ele tá fugindo – nós três gritamos ao mesmo tempo.

Em seguida saímos correndo atrás dele.

O magrelo entra no elevador que já estava parado no sexto andar. Antes que a gente possa fazer qualquer coisa, a porta se fecha e o elevador vai embora.

– Ele está descendo.

– E agora?

– O outro elevador está no décimo oitavo. Não vai chegar a tempo.

– Pela escada!

Dito e feito. Voamos para a escada.

Meus pés e meus joelhos doem, o Heitor geme e bufa – nunca vi um rosto tão vermelho – e a Paula pula os degraus com uma agilidade incrível. “Ah, como era bom quando eu tinha só quinze anos”, eu penso.

No quinto andar eu olho para o mostrador no alto da porta do elevador.

– Ele está indo para o térreo.

– Rápido, gente. Vamos. Temos que chegar lá antes do elevador.

Entre o terceiro e o segundo andar eu escorrego num degrau meio úmido e quase caio. Malditas faxineiras e seus panos molhados. Heitor também perde o equilíbrio, cai de bunda e desce vários degraus assim, aos pulinhos, com os braços erguidos, segurando firme no alto a garrafa de champanha, pra ela não quebrar. Paula, vendo que está muito à nossa frente, desacelera um pouco. Ela não faz nenhuma questão de ser a primeira a chegar ao saguão do hotel.

– Gente, este *game* tá ficando emocionante. Mas juro que eu não tô nem um pouco a fim de morrer de novo.

No térreo, quando chegamos diante da porta do elevador, eu já estou completamente sem fôlego. É com imenso esforço que dou a ordem:

– Pre... Prepa... Ufa... Preparados? Ele... Vem aí.

São os segundos mais longos do dia.

Três.

Dois.

Um.

A porta se abre e nós atacamos.

Em vez de um magrelo, da cabine saem rapidamente dois brutamontes mal-encarados. Nenhum deles veste preto. O da esquerda está de *jeans* e camisa verde, o da direita está de bermuda branca e camiseta azul.

Paula, Heitor e eu trombamos com os dois sujeitos, que também parecem estar perseguindo alguém.

– Ei!

Eu perco o equilíbrio e quase vou ao chão. Heitor deixa a champanha se espatifar na porta do elevador.

– Ei!

Alguém me passa uma rasteira e eu finalmente caio pra trás.

– Ei!

Paula tropeça na minha perna – ai que dor – e cai em cima do Heitor, que gira para o lado tentando se apoiar em alguma coisa.

– Ai!

O grandalhão de camisa verde tenta saltar por cima da gente, calcula mal o pulo, escorrega na poça de champanha, cai de mau jeito e machuca o tornozelo. Seu grito de dor ecoa no saguão.

Começa a juntar gente. O porteiro e o recepcionista vêm ver o que está havendo.

– Ei, ai!

O sujeito de camiseta azul quer ajudar o companheiro a ficar em pé, porém é derrubado acidentalmente pelo Heitor, que tenta escapar da confusão engatinhando para longe de nós.

Um homem numa cadeira de rodas se aproxima, vindo não sei de onde e passando em cima da poça de champanha. Ele está muito aflito. Não para de perguntar:

– Cadê o cara? Aonde ele foi?

– Não sei, caramba! – o de camisa verde responde enfurecido.

– Mas você disse que viu o desgraçado entrar no elevador.

– Eu disse. Eu vi. Mas ele não está aqui! Não está vendo, idiota?

Uma mulher aparece vinda da escada. Ela também quer muito saber o que houve.

– Cadê o magrelo? – ela pergunta.

– Fugiu – responde rispidamente o de camiseta azul. – Ele passou a gente pra trás mais uma vez.

O recepcionista do hotel quer saber:

– Posso ajudar? De quem vocês estão falando?

– Lá! – a mulher grita. – Lá vai ele.

Nós todos olhamos ao mesmo tempo para o outro lado. O magrelo está saindo do hotel.

A confusão fica mais intensa. Heitor e eu nos levantamos, empurramos o porteiro e o recepcionista para o lado e corremos na direção da saída. Paula e o cara na cadeira de rodas se afastam para não serem atropelados. As pessoas que estão sentadas nos sofás do saguão começam a cochichar e a soltar gritinhos de surpresa.

– Ele tá fugindo.

A mulher, o sujeito de camisa verde e o de camiseta azul vêm atrás da gente.

Na calçada, nem sinal do magrelo. A avenida Oroboro está movimentadíssima.

– Lá – o de camisa verde avisa. – Lá, no outro lado da avenida.

Alvoroço geral. Somos agora cinco perseguindo o tipo misterioso. Nenhum de nós espera o sinal fechar. Como na tevê e no cinema, atravessamos a avenida aos trancos e barrancos, desviando dos carros, provocando freadas, palavrões e o maior buzinaço.

O magrelo entra numa galeria comercial, misturando-se com os transeuntes.

Exaustos, a mulher e Heitor ficam para trás.

A falta de fôlego embaralha meus pensamentos. Por um segundo tudo fica escuro, o mundo gira sob meus pés. Algo dentro de mim recomenda que eu também pare de correr, algo muito sensato sugere que eu também deixe pra lá, que não me meta em encrenca. Mas eu não dou ouvidos a essa voz e continuo a cem por hora, o coração quase explodindo.

Quando volto a coordenar os pensamentos, percebo que estou subindo uma escada em caracol, uma escada de aço posicionada do lado de fora de um prédio, e na minha frente vão o cara de camisa verde e o de camiseta azul. Também noto horrorizada que este último carrega um revólver meio escondido, preso entre o cós da bermuda e o quadril.

O policial da mensagem.

O policial à paisana, será que é ele?

É óbvio que no meio da perseguição não dá pra parar e pedir que me mostre o distintivo.

No segundo seguinte chegamos ao terraço iluminado apenas pela luz da lua e pelo clarão que sobe da avenida. O magrelo está lá adiante, próximo ao parapeito. Não há como escapar. A única maneira de descer é pela escada por onde viemos ou saltando, mas são oito andares, ele não sobreviveria.

– Parado aí – o de camiseta azul grita sacando a arma.

Eu e o de camisa verde ficamos frente a frente, meio inclinados, transpirando, fungando e respirando mal, bloqueando a passagem para a escada.

O magrelo está de costas para nós. Então ele vira e sorri. Eu fico perplexa. Ele sorri! Depois de todo esse corre-corre, em vez de xingar ou chorar, tudo o que ele faz é exibir pra nós os óculos escuros e os dentes brancos como a lua.

– Não se mexa – o de camiseta azul grita se aproximando com cuidado.

O magrelo sobe no parapeito. Ele vai pular.

É o que eu digo em voz baixa:

– Droga, ele vai pular.

O de camiseta azul desvia da base de uma antena retransmissora e acelera o passo, mas sempre evitando tropeçar em qualquer coisa que possa estar encoberta pelas sombras.

O magrelo fica de frente para o vazio, dobra os joelhos e abre um pouco os braços, se preparando para o salto.

Eu grito:

– Ele vai pular!

Quando o de camiseta azul chega perto pra tentar agarrar seu tornozelo, ele finalmente pula.

Não para a frente. Ele pula para trás.

Ainda estou pra ver salto-mortal igual a esse: perfeito, preciso, espetacular.

Antes de aterrissar, mesmo no ar, mesmo na sombra, mesmo de cabeça pra baixo, ele ainda consegue pegar o revólver da mão do cara de camiseta azul.

A situação agora se inverte: o magrelo está armado e o policial dos meus pesadelos está encurralado entre o atacante e a cidade lá embaixo.

O sujeito de camisa verde, já descansado da corrida, decide ajudar. Ele se aproxima do magrelo por trás, pela sombra, quase em silêncio. Eu disse *quase*. Alguns pedregulhos estalam no terraço.

Capoeirista de primeira, o magrelo: ele percebe a aproximação e derruba o de camisa verde com uma bela rasteira. A situação está definitivamente fora de controle. O de camiseta azul avança, ele quer aproveitar a oportunidade. Começa a briga. Nessa hora não consigo ver muita coisa. Está escuro, as sombras dançam, encolhem, esticam.

Um tiro ecoa sobre a avenida.

Alguém geme, cambaleia e cai.

– Tigre! – outro alguém chama. – Fala comigo, rapaz. Tigre, cadê você?

Passos apressados resvalam e escorregam.

Tudo isso é demais pra mim. Não sei quem foi baleado, mas sei exatamente quem *não* foi. Ele. O estranho de óculos escuros. Ele continua lá, são e salvo. Aposto um dente nisso. Agora eu sei:

apesar da aparência frágil ele é esperto demais, ele é ágil demais, ele é cruel demais para ser capturado.

Por isso eu caio fora. Já estou quase morta de medo, não vou esperar pra ser morta de verdade.

Desço em pânico a escada em caracol. Ai, caramba, alguém está me seguindo, posso ouvir seus passos nos degraus de aço. Se eu continuar na escada serei pega. Mudo de direção e entro num dos andares superiores da galeria.

O andar está deserto e todas as portas estão trancadas. Menos uma; no final do corredor dá pra ver uma porta entreaberta. Corro até lá. É o armário de limpeza. Entro, tranco a porta e mantenho a luz apagada.

Respiro fundo. Sempre funciona. Quando sinto que estou à beira de um ataque de nervos ou de pânico, costumo fechar os olhos e respirar fundo. É, sempre funciona.

Silêncio.

Passos.

Alguém para em frente à porta, bloqueando parte da luz que vem das luminárias do corredor.

Eu prendo a respiração. O pavor aumenta.

Alguém dá três batidinhas na porta:

– Estela, pode sair daí. Ele já foi embora.

Essa não, e se for um truque?

Meus joelhos fraquejam. Mesmo assim eu abro a porta.

Não é um truque. No corredor, um ao lado do outro, eu vejo a Paula, o Heitor e a mulher que estava com a gente.

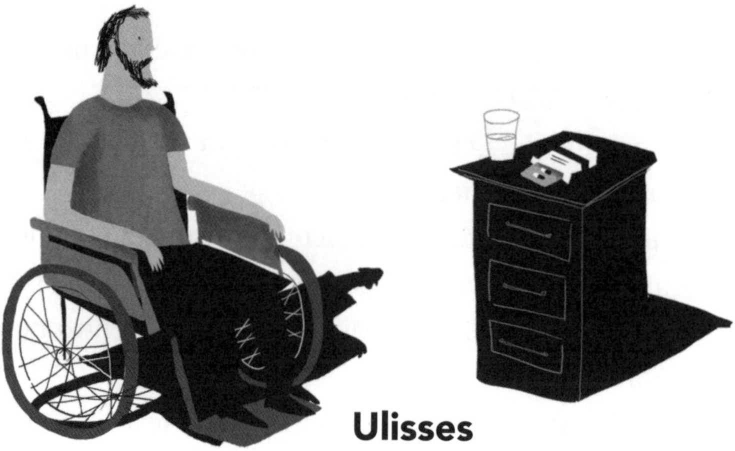

Ulisses

Era inevitável.

No começo não acreditei muito no que estava acontecendo. Depois fui obrigado a acreditar.

Aos trancos e barrancos, acabamos nos encontrando, e agora o hotel virou nosso quartel-general.

Ah, a que ponto cheguei?!

Minha primeira crise de esquizofrenia aconteceu aos doze anos.

Certa tarde de domingo eu ouvi o telefone tocar em casa, primeiro no andar de baixo, depois nas extensões. A campainha chamava, chamava, chamava e ninguém tomava a iniciativa de atender.

Estiquei o braço e peguei o fone da minha extensão.

– Alô?

Pooom... Pooom... Pooom...

Nada. A linha estava desocupada.

Mas a campainha continuava tocando lá embaixo.

“Merda. A extensão tinha que pifar bem agora?”

Virei de lado na cama e tentei não prestar atenção em nada que não fosse o delicioso romance que eu estava devorando.

O telefone fez que ia aquietar mas logo voltou a tocar. Eu estava realmente espantado porque depois de um tempão ninguém, ninguém mesmo foi atender.

– Mãe, pai, o telefone! Ninguém vai atender, não? – eu gritei do meu quarto.

Não teve outro jeito. Eu peguei o marcador, fechei o livro, desci a escada, entrei na sala e atendi:

– Alô.

– Alô, quem fala? Ulisses?

– Eu.

– Aqui é o Zoião, da contabilidade. Teu pai já deve ter falado de mim pra vocês. Eu também trabalho lá na editora. Preciso muito falar com o Fausto.

– Vou chamar. Espera só um minuto.

Então eu gritei e meu pai apareceu no alto da escada perguntando quem era.

– O Zoião – eu respondi entediado, doido pra voltar ao romance, louco pra saber como a história ia acabar.

– Quem?

– O Zoião. Ele disse que trabalha com você. Disse que é da contabilidade.

– Não conheço nenhum Zoião.

Detesto esses impasses. Que Zoião? Ora, eu é que ia saber? Fiquei com o fone na mão, em pé, só de bermuda, com cara de tacho, olhando meu pai. Ele, por sua vez, ficou no alto da escada, de roupão, também com cara de tacho, me olhando. Até que tomou a iniciativa e acabou com o estorvo:

– Vou atender no quarto.

Botei o fone no gancho e voltei ao meu livro, que ficava melhor a cada capítulo, muito bom mesmo, o suspense estava cada vez maior, eu quase não conseguia resistir à tentação de pular as cem últimas páginas e ir direto ao final pra ver o que ia acontecer.

Eu não tinha lido nem dois parágrafos quando meu pai apareceu na porta do quarto e ficou me observando. Eu baixei o livro e perguntei:

– Que foi agora?

– Não havia ninguém.

– Como assim?

– No telefone. Não havia ninguém.

– Então ele desligou.

– Esquisito.

– Eu digo o mesmo.

– Não conheço nenhum Zoião. Tem certeza de que ele disse que trabalha na editora?

– Absoluta. No departamento de contabilidade. Foi o que o cara disse.

Tornei a erguer o romance. O maldito telefone voltou a tocar.

– Olha aí, deve ser ele – eu resmunguei.

– Onde?

– Não tá ouvindo?! O telefone!

Meu pai foi até a escada, ficou lá algum tempo, prestando atenção na sala, e voltou.

– Ulisses, o telefone não está tocando.

O primeiro pensamento que passou pela minha cabeça foi: "Meu pai está zoando comigo. É, ele só pode estar tirando sarro da minha cara". Porém isso soou fora de lugar, porque o senhor Fausto sempre foi muito sério e circunspecto, nem um pouco dado a gracinhas e brincadeiras. Meu irmão sim, esse gostava de aprontar as melhores e as piores peças. Mas meu pai?!

A renitente campainha continuava tocando, enchendo a casa de ansiedade e mau humor, e o velho Fausto não saía da porta de meu quarto. Ele não traiu a piada em instante algum. Sua expressão impassível realmente me impressionou.

– Fala sério, pai. Você não vai mesmo atender?

Ele hesitou para responder, estava procurando as palavras certas. Meu pai parecia mesmo confuso. Que grande ator!

– Tudo bem, deixa comigo. Vamos ver qual é a piada.

Decidido a participar da brincadeira, eu pulei da cama, passei por ele, desci a escada, entrei na sala e atendi explodindo:

– Alô!

– Alô, Ulisses? Aqui é o Zoião.

– Qual é a pegadinha, cara? Eu já tô ficando de saco cheio.

– Eu compreendo, isso sempre acontece. Mas tente não ficar aborrecido.

– Isso o quê? O que sempre acontece? Desembucha logo, porque eu vou desligar!

– Quando a pessoa começa a sofrer de esquizofrenia, no início, quando ela começa a ver e ouvir coisas que não estão realmente lá, essa pessoa sempre acha que tudo não passa de uma brincadeira que os amigos estão aprontando com ela.

– Esquizofrenia? Do que você tá falando?

– Tô falando de você, tô falando dessa história de você achar que o telefone tocou, tô falando principalmente de você achar que está conversando com alguém.

– Você é louco. Essa foi a lorota mais esfarrapada que já ouvi. Você precisa treinar mais se um dia quiser aprender a passar um trote decente.

Bati o fone no gancho.

Mas enquanto voltava ao meu quarto eu não conseguia parar de pensar no que o idiota havia falado.

Meu pai quis detalhes. Ele realmente parecia não ter sido cúmplice na brincadeira (essa constatação me assustou um pouco). Contei a ele o que o Zoião dissera.

– Esquizofrenia? Ele disse isso? – meu pai me olhou intrigado.

– Disse.

Nesse dia não tocamos mais no assunto. Voltei ao meu livro, meu pai foi fazer qualquer coisa no quintal e o domingo terminou assim, sem outra surpresa a não ser a do final do romance, simplesmente estupendo.

É provável que hoje eu não lembrasse mais desse incidente, se duas semanas depois o Zoião não tivesse telefonado de novo. Ninguém ouviu o aparelho tocar, só eu. Também ninguém conseguiu escutar a voz que vinha do outro lado da linha, só eu. O Zoião só existia pra mim, como um amigo imaginário.

Às vezes eu escutava o apito de um trem que não existia, ou então via pessoas conversando num lugar totalmente vazio. Teve até gente que achou que eu fosse sensitivo, capaz de captar certos fenômenos paranormais.

Na época meu pai me levou a um psiquiatra, que pediu dezenas de exames neurológicos. Hoje eu tomo remédio pra controlar as alucinações.

Quando eu tomo direitinho todos os comprimidos, o Zoião não telefona nem me visita. Não há apitos nem pessoas inexistentes.

Quando eu esqueço de tomar os comprimidos, ele telefona ou então aparece em casa pra uma visitinha surpresa, e não larga mais do meu pé. Como se não bastasse, para me importunar ainda mais, os sons e as pessoas inexistentes vão surgindo às dezenas.

Esta cadeira de rodas, por exemplo. Tudo culpa da doença.

Aconteceu no dia em que completei vinte e seis anos. É, bem no meu aniversário.

Um acidente terrível. Não desviei a tempo do caminhão de cerveja. Não sei o que houve, marquei bobeira. Pensei que fosse mais uma das ilusões inconvenientes. Eu estava atravessando a rua, até vi com o canto do olho o caminhão mudando de pista, quando o motorista buzinou eu até me assustei, o problema foi que corri para o lado errado. Por muita sorte não morri. Não era alucinação, não. Resultado: estou nesta cadeira há quase vinte anos.

Então, há menos de uma semana, quando nada mais podia dar errado, tudo ficou um pouco pior.

Mesmo com os medicamentos, os sintomas da doença começaram a ficar mais intensos.

Quando eu achava que não podia haver uma alucinação mais absurda e ao mesmo tempo mais convincente do que o Zoião, algo muito pior me atingiu em cheio: o dia 13 de julho.

Há vários dias eu tenho vivido sempre o mesmo dia, sempre a mesma sexta-feira treze.

Na primeira vez em que isso ocorreu eu não me abalei nem um pouco, pareceu até divertido, só bocejei e pensei: "Relaxa, cara, você deve ter esquecido de tomar um dos remédios".

Vou contar como foi.

Eu acordei cedo, tomei banho, me vesti e tomei o café da manhã – fiz tudo o que fazia rotineiramente antes de ir ao trabalho.

Até aí tudo bem. Eu ia pela calçada quando uma menininha num triciclo emparelhou comigo, mediu minha cadeira de alto a baixo e perguntou:

– Quer apostar corrida?

Eu dei risada.

No dia anterior essa mesma menininha havia feito exatamente a mesma coisa. Nesse mesmo horário e nesse mesmo ponto da avenida ela emparelhara comigo e me desafiara a uma corrida.

Muito curioso.

Para não estragar a brincadeira eu também repeti meus gestos e minha fala; passei a mão na cabeça dela e continuei rodando pela calçada macia:

– Não, hoje nada de corrida, querida.

A calçada não era tão macia assim, pois a roda dianteira do triciclo prendeu numa fissura e a menina capotou girando no ar.

O surpreendente é que ela capotou da mesma maneira que havia capotado no dia anterior. Isso foi incrível!

Daí em diante tudo foi se tornando mais incrível ainda. Era repeteco após repeteco.

Como eu disse, no começo não me abalei nem um pouco. Tudo era tão estranho. Só bocejei e pensei "Relaxa, cara, você deve ter esquecido de tomar um dos remédios".

Não era isso. Desde então tenho tomado cuidadosamente todos os comprimidos, mas o problema não quer desaparecer.

Já voltei duas vezes ao meu psiquiatra. Contei a ele sobre esse *déjà vu*, sobre essa estranha e esquizofrênica repetição. Ele balbuciou várias possibilidades incertas e no final, sem saber o que dizer, prometeu pesquisar sobre o assunto. Eu já não tenho nenhuma esperança de que ele encontre as informações que procura, pois a cada novo dia ele esquece que eu estive em seu consultório.

Não voltei mais lá porque depois de certo tempo eu finalmente percebi que nada disso é real, nem mesmo meu psiquiatra. O dia que se repete, sempre o mesmo dia treze, as pessoas, os prédios, a cidade toda, nada disso existe de fato. Tudo não passa de uma bem articulada e engenhosa criação de minha mente.

Às vezes duvido até mesmo de minha própria existência.

Mas aí me consolo, repetindo a sábia conclusão de Descartes: se neste exato momento eu estou pensando, isso é a prova de que eu existo.

É isso: penso, logo existo. Não resta dúvida de que eu sou de carne e osso.

Infelizmente não posso dizer o mesmo das seis pessoas que estão na minha frente. Elas pensam que pensam, mas não passam de fruto da minha imaginação exacerbada.

O primeiro que eu encontrei foi o policial, o Tigre. O grandalhão estava completamente baratinado. Tentei explicar a situação, mas essa foi uma péssima ideia. Ele ficou furioso, gritava e batia na mesa:

– Tá dizendo que eu sou uma alucinação? Tá dizendo que eu existo apenas na tua cabeça? É isso? Tá afirmando que só você é o rei do pedaço, que todos os outros são pura fantasia? Ah, não, é muuuiiita pretensão!

Fiquei calado só pra não piorar as coisas. Eu não queria levar porrada. Real ou não, para quem sofre de esquizofrenia o soco de uma alucinação dói tanto quanto o de uma pessoa de verdade: somos capazes de nos agredir fisicamente imaginando que estamos sendo atacados por outra pessoa.

O caminhão que me atropelou... Mesmo se ele fosse puramente imaginário, eu teria saído ao menos um pouco machucado do choque.

A verdade é que perdi completamente o controle da situação. O mesmo dia se repete dia após dia e eu já não dou mais nenhuma bola pra isso. Dane-se. Estou até gostando dessa movimentação toda. Não há nada melhor e mais emocionante do que sair da rotina.

Sou formado em economia e trabalho no departamento administrativo do Banco de Cobra Norato, mas já faz muito tempo que não vou lá. Dane-se o meu emprego.

Agora tudo o que eu quero é entender melhor a minha mente e a mente humana em geral. Quero saber mais sobre as doenças mentais, as alucinações e os delírios.

Por isso sempre que posso vou à biblioteca ler os livros de psiquiatria e psicanálise, principalmente os de Freud e Jung.

Também passo boa parte do dia interagindo com essas figuras cativantes e divertidas que inventei neste hotel. Elas não dão muita bola pra mim, não invadem minha privacidade nem ficam todas à minha volta me torrando a paciência, como o chato do Zoião costuma fazer (curioso, faz tempo que ele não aparece). Elas respeitam meu espaço vital e eu as respeito por isso.

O taxista é o Heitor, a garota de rabo de cavalo é a Paula, a atriz é a Estela, o policial, como já falei, é o Tigre, o fotógrafo é o Flávio e a dentista é a Rhana.

Faz dez minutos que cheguei ao hotel (logo vai começar a chover). Eu trouxe café pra todo mundo. Estamos reunidos no apartamento da Rhana. Ela não é daqui. Ela *diz* que não é daqui... Veio à cidade para participar de um congresso odontológico. Isso ela *diz*...

Neste exato momento é o Tigre quem mais fala, quem mais gesticula, quem mais senta e levanta do sofá. Apesar desse seu jeito grosseirão – ele não se conforma de ter sido assassinado na noite anterior –, eu gosto do cara.

– Um de nós sempre morre ao longo do dia.

Estela estala os dedos:

– Também percebi isso. É bizarro.

Tigre ameaça pegar seu maço de cigarro, Paula olha feio, ele devolve o olhar irritado, desiste de fumar e diz:

– É outro padrão, outro detalhe que se repete. Como o recado que cada um de nós recebe de diferentes maneiras, pelo celular, por *e-mail*, por baixo da porta...

– Vocês acreditam que esses detalhes mórbidos significam algo? – Estela está intrigada, assim como todos os outros.

– Não dá pra dizer com certeza. Tudo aqui parece significar algo, mas nada faz realmente sentido.

Eles têm razão. Alguém sempre morre ao longo do dia. Eu mesmo já morri duas vezes. Isso é bastante assustador. Os recados também deixam a gente com os nervos à flor da pele. Parecem pistas falsas, só para confundir. Recomendam a fulano que tome cuidado com beltrano, mas no final quem se estrepa é sicrano.

É tudo da minha cabeça?! Delírio puro?!

Só pode ser. Que outra explicação pode haver?

O meu recado sempre chega por pombo-correio. Dá pra acreditar nisso? Não tô brincando, não. Pombo-correio. Uma avezinha delicada, de penas brancas e olhar triste. Às seis horas da manhã em ponto, quando a noite já está no fim, ela voa por cima do *shopping* e pousa no peitoril da janela do meu quarto. Preso à sua patinha esquerda, um bilhetinho. No bilhetinho, o aviso: "Não confie no sujeito de camisa verde, ele fará tudo pra se dar bem, até mentir e matar".

O sujeito de camisa verde é o Flávio. Ele é fotojornalista, está em Cobra Norato a trabalho e todo dia acorda num quarto deste hotel. Agora é ele quem diz:

– Pelo visto somos só nós nesta enrascada, ninguém mais apareceu.

– Não dá pra saber. Pode haver mais pessoas como nós espalhadas pela cidade. Ou pelo país. Ou pelo mundo – a Estela retruca.

– Não há, não. Senão já teríamos encontrado essa gente, ou ao menos tido notícias dela. Vejam bem, somos sete. Esse número sempre teve e ainda tem muitos significados místicos e misteriosos. Acredito que o fato de sermos sete pessoas presas no tempo... Ah, sim, aposto que isso também tem um significado especial.

– Pode ser, pode não ser.

O Tigre, em pé perto da janela, lembra algo importante:

– Tudo o que a gente pode afirmar com certeza é que o magrelo está ligado a este enigma. Ou vocês ainda duvidam disso?

– Eu não.

– Nem eu.

– Na minha opinião é ele quem nos mantém presos, e só ele sabe como nos tirar daqui – Rhana diz, servindo mais café a todos.

A Estela, bebericando da sua xícara, sinaliza com a mão: ela concorda totalmente com a dentista.

– A pergunta é: como vamos fazer pra agarrar o cara? Ele é bastante arisco, e muito bom de briga – o Flávio diz.

O Heitor já está completamente perdido:

– Pensando bem, talvez ele não seja o causador de tudo isso. Talvez ele seja como a gente: mais um prisioneiro do inferno.

A Paula fica indignada:

– Então por que não se junta a nós?! Por que ele fica fugindo, se esquivando, desaparecendo?

Heitor permanece em silêncio, de cara amarrada. Para ele tudo se resume a uma excursão sem data para acabar pelas catacumbas do inferno astral. De vez em quando ele bem que podia lavar esses óculos encardidos.

– Esta cidade é muito esquisita. Já tentei ir embora várias vezes, mas no dia seguinte sempre acordo neste maldito hotel – o Flávio reclama. Ele trouxe sua câmera fotográfica e agora fica brincando com ela, apontando a lente para cada um de nós.

Heitor se exaspera:

– Ah, meu são Sebastião de Quental! Olha lá como fala. Eu nasci aqui e nunca, nunquinha quis morar em outro lugar. Eu amo esta cidade. Pra mim ela não tem e nunca teve nada de esquisito. Se pra pagar pelos meus pecados eu tiver que passar o resto da eternidade aqui, agora vejo que isso não será tão mau assim.

– E você, o que acha?

Eu demoro pra perceber que a Estela está falando comigo. Até então eu acompanhei a conversa a certa distância, sem participar ativamente. Acompanhei-a com curiosidade, como um cientista que observasse o comportamento de várias cobaias num labirinto.

– Eu?

– Sim, você.

– Ah, não pergunta isso pra ele, não – o Tigre recomenda. – Vocês não vão gostar de saber o que ele acha.

Todos olham para mim.

Eu percebo que chegou a hora de eu participar mais ativamente da conversa. Fruto da minha imaginação ou não, as seis figuras à minha frente estão muito curiosas. É claro que não serei louco de falar a verdade, como fiz com o Tigre. Não quero provocar a ira de minhas criações. Isso poderia ser muito perigoso.

– Não interessa o que eu acho – eu digo, saindo pela tangente. – Aliás, não interessa o que cada um de nós acha. A origem deste lugar não tem a menor relevância. O mais importante agora é sair daqui. Concordo com vocês: temos que falar com o magrelo, temos que pegar o cara de qualquer jeito.

Por um minuto eu esqueço a minha real situação e começo a acreditar no que acabei de falar. Por um minuto eu acredito que de fato estou entre pessoas de carne e osso, falando de outra pessoa de carne e osso. Isso me surpreende. Minha fantasia já começou a me dominar.

– Eu fico me perguntando onde ele estará neste exato momento, e o que estará fazendo – Estela comenta.

– Eu fico me perguntando quem será desta vez – Paula boceja.

– Quem vai morrer hoje? É isso que está te incomodando? – eu pergunto à garota.

– É. É isso mesmo.

Apesar do café forte Rhana parece sonolenta e distante. Ela deve ter dormido muito mal na noite passada. Suas olheiras provam isso. Então, voltando a pôr os pés na realidade, ela exclama:

– Matias Melquior!

– Quem? – eu quero saber. Eu e todos os presentes.

– Ontem à noite... Depois que ficamos pra trás eu voltei ao hotel. O gerente, o segurança e os recepcionistas estavam conversando sobre o incidente. Eu pedi ao gerente que me mostrasse a ficha de entrada do magrelo. Ele é da nobreza. É um conde. Na ficha ele assinou *conde Matias Melquior.*

– Havia outras informações pessoais nessa ficha? – Tigre pergunta a ela.

– Sim. Havia um endereço e um telefone. Mas não consegui memorizar nenhum dos dois. Logo veio a notícia da sua morte, Tigre, e eu fiquei muito abalada.

– Tudo bem, Rhana. Vou investigar esse nome. Nada garante que seja verdadeiro, mas vou investigar de qualquer jeito.

– Hoje cedo eu procurei na internet, mas não encontrei nada. Esse conde Matias Melquior sabe se esconder muito bem.

– Isso é normal. A nobreza detesta frequentar os jornais e a internet – o Flávio comenta. – Eles prezam muito sua privacidade. Para manter a vida particular bem longe da vista dos curiosos eles costumam contratar empresas especializadas em apagar os rastros. Já tentei tirar a foto de três duques e dois príncipes, mas sempre dei com os burros n'água.

Paula ri gostoso de nossa ingenuidade:

– Esse conde não existe. Tá na cara que o magrelo inventou esse nome só de gozação, só pra despistar. Ele tinha que colocar qualquer coisa na ficha, então colocou esse nome idiota. Podia ter posto Victor Frankenstein, Clark Kent ou Marcelo Marmelo Martelo, que dava na mesma.

– Por que você diz isso? – Estela parece concordar com a garota, só não sabe bem por quê.

– Ora, se ele fosse mesmo conde, acham que andaria por aí sozinho, sem um só guarda-costas? E a pé ou de táxi?

– Você não ouviu o Flávio? Ele acabou de dizer que a nobreza detesta os holofotes. Talvez o cara seja um conde excêntrico, que quer passar incógnito, sem chamar a atenção...

– Se quisesse passar incógnito, ele não assinaria *conde*.

Paula tem razão. Todos concordam com isso, até eu. Para uma alucinação até que a garota é bem esperta.

– Pra mim esse conde não é sequer humano – Tigre tira a câmera fotográfica das mãos do Flávio e fica brincando com ela, apontando para o teto e para o piso. – Entendem? Como esse outro conde famoso, o Drácula.

Eu dou risada:

– Essa não. Por favor, não me venha agora com zumbis, feiticeiros, lobisomens ou vampiros.

Sete celulares tocam ao mesmo tempo e a sala se enche de ritmos e melodias clássicas e populares. Cada um saca seu aparelho e o que antes era uma mistura de diferentes músicas agora vira um blá-blá-blá caótico e pontiagudo.

Heitor fala com a mulher, que pede a ele que passe no supermercado e compre manteiga, azeite e filé-mignon.

Paula fala com a prima, que quer saber se ela está a fim de ir ao clube em cinco minutos.

Estela fala com o irmão, seu empresário, que quer saber se ela já decidiu se aceitará ou não o convite para fazer um comercial de sabão em pó.

Tigre fala com o delegado, seu superior, que precisa que ele volte imediatamente à delegacia.

Flávio fala com a filha pequena, que está com saudade e quer saber se ele irá ou não para casa no fim de semana.

Rhana fala com a mãe, que está preocupada e quer saber se ela já fez ou não as pazes com o namorado.

Eu falo com meu pai, que quer saber se está tudo bem comigo, pois ele telefonou no banco e ficou sabendo que hoje eu não fui trabalhar.

Nenhum dos sete diz à pessoa com quem está conversando o que realmente está acontecendo. Pareceria loucura. Isso só deixaria a situação muito mais complicada.

Falamos qualquer coisa agradável, apenas para tranquilizar nosso interlocutor, e desligamos. Sete celulares são guardados ao mesmo tempo e a sala fica subitamente em silêncio.

A tristeza e o desânimo deixam tudo mais difícil, até mesmo falar torna-se algo bastante doloroso. Por isso ninguém abre a boca, por isso estão todos quietos e sorumbáticos.

Flávio levanta irritado do sofá:

– Eu cansei desta conversa. Não adianta, estamos presos e não há nada que possa ser feito. Tô com saudade da minha filha e vou voltar pra casa.

– Não dá, você já tentou isso antes, o voo só sai às dez da noite e até a tua cidade são mais de cinco horas de viagem – é a Rhana quem refresca a memória do fotógrafo. – Você nunca conseguiu sair realmente de Cobra Norato. Toda vez que o avião aterrissa você acaba aqui.

O Tigre sugere que todos nós fiquemos juntos:

– Se a gente não se separar, se a gente nem sequer sair deste apartamento, talvez hoje ninguém morra.

Começa a chover. É sempre a mesma chuva dividindo a tarde em duas fatias. Cada pingo que cai neste instante caiu ontem e anteontem com a mesma velocidade e no mesmo lugar. Essa rigorosa precisão, esse cálculo perfeito, essa esquizofrênica matemática é de deixar qualquer pessoa sem fôlego.

Eu começo a ficar irritado.

Não estou nem um pouco a fim de ficar trancado neste quarto na companhia dessas seis alucinações com mania de perseguição.

Eu preciso sair, eu preciso de ar puro.

– Não contem comigo – eu digo sério, me encaminhando para a porta. – Tenho um compromisso. Não posso ficar.

– Compromisso? – o Tigre vem até mim e barra minha passagem. – Que compromisso é esse? Tá chovendo. Você vai sair na chuva?

– Daqui a pouco vai parar de chover.

– Pode tirar o cavalo da chuva, você não vai levar sua cadeira a parte alguma. Você me ouviu: hoje ninguém sai daqui.

– Foi você quem não me ouviu. Eu tenho um compromisso!

Rhana tenta pôr panos quentes:

– Deixa o cara sair, Tigre. Ele tá ficando vermelho.

– De jeito nenhum. Vou abrir o jogo com vocês: pra mim há um informante entre nós. Isso mesmo, um traidor, um dedo-duro, um alcaguete. Então até eu descobrir quem é esse miserável ninguém sai daqui.

– Um informante? – todos repetem atônitos.

Eu me defendo:

– Ei, que bobagem é essa? Eu não sou informante, não!

– Então conta pra gente qual é o teu compromisso inadiável?

Meu sangue ferve, minhas mãos apertam firme os braços da cadeira. Estou espumando de raiva. Esse Tigre acaba de perder toda a minha simpatia.

– Tenho que salvar alguém.

– Salvar alguém? Quem?

– Um senhor.

– Um senhor? Quem?

– Não sei seu nome, ele é bem velho, deve ter uns oitenta anos.

– Como você pretende salvar esse velhinho?

– Toda tarde depois da chuva ele sai de casa pra comprar pão. Mas o portão do jardim está meio emperrado, ele faz força pra abrir e acaba escorregando numa poça d'água. O tombo é mortal. Ele bate a cabeça na quina do portão e morre.

– E você...

– Eu costumo ir até lá. Só pra ajudar o velho a abrir o portão.

O telefone toca em cima do criado-mudo interrompendo minha disputa com o desconfiado policial.

Rhana vai até lá meio sem vontade e atende sem disfarçar o desânimo. De repente sua expressão muda. Ela olha pra nós e põe o fone no gancho.

– Era da recepção – ela explica lentamente. Sua voz e suas mãos estão trêmulas.

– E daí? – Estela pergunta enquanto serve mais café a todos.

– O conde Matias Melquior está no saguão, ele quer que a gente vá até lá. É isso mesmo, ele quer muito falar com a gente.

O susto é geral.

Estela perde o equilíbrio e derrama café em toda a mesa de centro.

Eu sinto uma pontada no peito, uma dor que vem do fundo e sobe pela garganta. As rodas recuam, a cadeira desliza para trás e bate na parede, o cenário e as pessoas ficam fora de foco, meus olhos ardem. Alguém apara minha cabeça e desabotoando minha camisa avisa:

– Ele está tendo um ataque cardíaco, chamem um médico.

Médico? Que médico? Não vejo nenhum.

No segundo seguinte eu apago de vez.

Flávio

Abro a mochila de lona, reviro seu conteúdo e encontro o que procurava.

Uma foto.

Fecho a mochila e fico segurando essa foto bem perto do nariz, como se fosse entrar nela.

Manchados de cinza e preto, dezenas de prédios espremidos numa área muito pequena disputam cada centímetro quadrado do papel brilhante. É um flagrante da avenida Oroboro, feito da janela do meu quarto no Babel Hotel. Esse foi o cenário mais intrigante que já registrei nesta cidade.

Perdidos nesses prédios bidimensionais meus pensamentos voam. Devagar, distraída, minha mente divaga.

Luta, guerra, dominação.

Eu sempre ouvi muitos boatos a respeito dos infames planos de invasão que o país vizinho estaria arquitetando em silêncio, de olho em nossas terras e em nossas riquezas. Só eu não. Todo mundo que trabalha na imprensa já ouviu esses boatos em milhares de ocasiões diferentes. Todo mundo mesmo: repórteres, redatores, revisores, editores, cronistas, fotógrafos, ilustradores...

Mas, apesar das inúmeras investigações, ninguém jamais conseguiu as evidências que transformariam esses boatos em fato comprovado. Apesar de todos os esforços ninguém jamais conseguiu o furo de reportagem da década: a notícia, anunciada na primeira página com fotos e título bombásticos, de que o nosso país está efetivamente em perigo.

Agora isso.

Complicadas experiências científicas.

Não sei o que essa gente pretende descobrir sobre mim, também não sei que importância eu tenho para as pessoas que planejam invadir nosso país. Não sou do exército, não sou político, não guardo documentos nem segredos de Estado.

Minha mente e minha alma são livros abertos. Nunca escondi nada de ninguém. Dizem até que falo demais, que não consigo guardar segredo.

Minha ex-mulher sempre reclamava, e ainda reclama (ex-mulher é pra vida toda), do meu talento bastante feminino de falar pelos cotovelos. Principalmente nas festas. Basta eu beber um chope ou uma taça de vinho e pronto. Solto a língua. Conto tudo.

Eu não devia ter vindo a esta cidade.

Antes da viagem eu não estava me sentindo bem. Dor na nuca, nos joelhos e nos calcanhares. Parecia que estavam me enfiando várias agulhas. Isso era um sinal. Eu devia ter ficado em casa.

Trabalho, trabalho, trabalho.

Kika sempre reclama que eu trabalho demais, que viajo demais, que raramente vou visitá-la.

Que posso fazer? Sou um dos fotógrafos do maior jornal do

país. Tenho que ir aonde me mandam, não posso simplesmente bocejar e dizer: "Ah, não, chefe, hoje não tô a fim de visitar aeroporto. Manda o Wagner". Anota aí: no dia em que eu fizer isso estarei na rua em três segundos. E o calhorda do Wagner será promovido no meu lugar.

No jornalismo é assim: quem dá as cartas é a notícia e o leitor. E daí que o fotógrafo já ganhou vários prêmios importantes aqui e no exterior? E daí que ele tem uma filha pequena que morre de saudade do pai? E daí que é Natal, Ano-novo ou Dia das Crianças? No dia seguinte o jornal tem que sair de qualquer jeito. E para o jornal sair são necessárias fotos, fotos e mais fotos.

Fotos inéditas.

Fotos incríveis.

Fotos reveladoras.

O melhor ângulo, a melhor iluminação, o acontecimento político ou social mais importante, o clique perfeito, a cena certeira. São esses detalhes e esses cuidados que fazem o fotógrafo ser respeitado.

Uma boa foto é capaz de derrubar um governo, um partido ou uma reputação.

A imagem sempre vem antes do texto. Antes de ler qualquer matéria o leitor de jornal sempre olha a foto.

Mas faz tempo que eu não consigo uma boa foto. Faz tempo que não dou sorte.

Porque, não adianta se iludir, neste mundo não basta só ter talento, é preciso também ter muita sorte.

Faz tempo que não consigo estar no lugar certo, na hora certa, com a câmera certa.

Então por que me sequestraram?

Por que estou aqui?

Não fotografei ninguém que não podia ser fotografado, não flagrei nenhuma cena altamente comprometedora, não reproduzi os planos secretos de uma nova arma química.

Por que razão então os cientistas e os militares do país vizinho iam querer me raptar?

Não sou amigo íntimo do presidente nem dos seus assessores, não carrego comigo nenhuma informação vital para a segurança nacional, não sou sequer uma ameaça pra ninguém.

É, não adianta eu ficar quebrando a cabeça pra descobrir a verdade. Enquanto eu estiver servindo de cobaia para esta bizarra experiência psicológica não haverá meios de eu chegar perto da verdade.

Em que bela enrascada eu fui me meter!

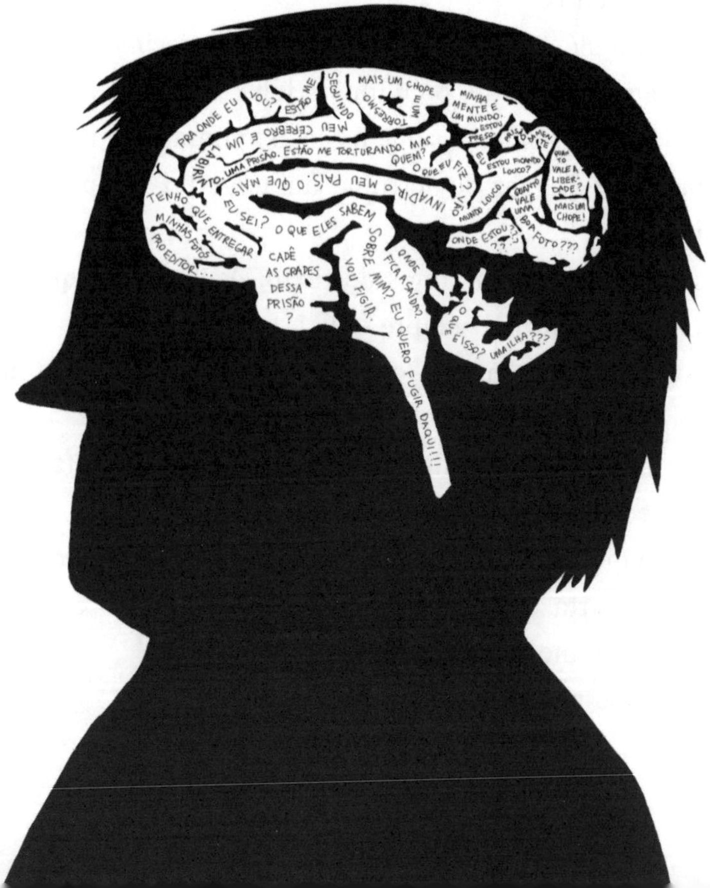

Aqui estou eu. Aqui está o grande fotógrafo sem sorte. Sequestrado por espiões e encarcerado nesta prisão virtual. Nesta prisão sem grades, sem paredes, sem guardas.

O mais espantoso e também o mais assustador é que é tudo... É tudo... Tão real.

Essas casas. Esses carros. Este *shopping*. Estas pessoas circulando pela praça de alimentação, levando os filhos ao cinema, comendo sanduíches e batatas fritas, olhando as vitrines, comprando liquidificadores e paletós. Tudo isso é tão sólido e ao mesmo tempo tão insólito!

Esta caneca de chope, este chope, esta porção de torresmo, esta cadeira, esta mesa. Perfeitos.

A mente humana é algo assombroso. Nela está guardado tudo o que a pessoa já pensou, viu, ouviu, cheirou, degustou e tocou ao longo de sua vida.

Imagine só, isso também seria fantástico: imagine se fosse possível brincar com a memória das pessoas. Imagine se fosse possível fazer a gente viver fora da realidade, como se estivesse vivendo dentro dela.

De que jeito?

Sei lá, estou só elucubrando. Especular não paga imposto, paga?

Digamos que fosse possível entrar e navegar na mente de uma pessoa do mesmo jeito que um internauta entra e navega na internet. Uma vez lá dentro, o que a gente encontraria?

Tudo o que essa pessoa já pensou, viu, ouviu, cheirou, degustou e tocou. Todas as experiências sensoriais, emocionais e espirituais que ela viveu.

Digamos então que, com a ajuda de um programa muito sofisticado, fosse possível mexer nesse material mental. Estou só fantasiando... Eu poderia mudar de lugar, separar ou agrupar os objetos, os cenários, as roupas, as situações, as outras pessoas, tudo. Eu poderia ir e voltar no tempo, ou simplesmente brincar com o tempo: eu poderia, por exemplo, repetir várias vezes o mesmo dia.

Entende aonde estou querendo chegar?

Por meio de drogas ou de equipamentos sofisticados eu poderia encarcerar a consciência dessa pessoa, ou melhor, desse prisioneiro.

Assim, em caso de guerra, eu e meus assistentes poderíamos extrair facilmente toda a informação relevante da mente desse prisioneiro. Nada seria segredo pra nós.

Isso, é claro, se a técnica e o equipamento necessários para a manipulação da mente humana estivessem desenvolvidos e prontos para ser usados.

Mas, e se ainda não estiverem?

E se ainda estiverem em fase de testes? E se as drogas e as máquinas sofisticadíssimas ainda estiverem apresentando inúmeros defeitos?

Digamos que eu faça parte de um grupo de cientistas que está trabalhando para o alto escalão do exército do meu amado governo, desse mesmo governo que pretende invadir a nação vizinha. Se as drogas e o equipamento que eu ajudei a desenvolver não estão operando satisfatoriamente, se esse novíssimo método de obtenção de informações anda apresentando mau funcionamento, eu e meus colegas insistiríamos em aplicar o novo método nos prisioneiros mais importantes?

Não, não, mil vezes não!

Isso poderia danificar a mente deles, e aí toda a informação secreta, todos os dados importantes para a nossa inteligência militar escorreriam pelo ralo!

O mais sensato, até que tudo esteja funcionando bem, é fazer os testes com gente irrelevante.

É ou não é?

Éééééé.

Caramba, tô ficando bêbado. Ué, tá todo mundo me olhando por quê? Será que sem querer eu pensei alto demais?

Cuidado, Flavião. Controla essa língua e essa empolgação inconveniente.

Não se esqueça que você veio pra cá para ter um pouco de privacidade. Se ficar fazendo muito alarde, já, já o pessoal te encontra. Você não quer o Tigre, a Rhana e os outros chatos no teu pé, quer?

– Garçom, outro chope.

– Mais uma porção de torresmo, senhor?

– Pode ser. Não, espera, agora eu quero batata frita.

Onde é que eu estava mesmo?

Ah, sim, os prisioneiros irrelevantes. As cobaias.

Era aí que eu queria chegar.

Eu sou uma dessas cobaias!

Não sei quem são eles nem como me pegaram, também não sei onde estou – pode ser que eu ainda esteja em Cobra Norato, pode ser que não –, mas tenho certeza de que sou uma de suas cobaias menos importantes. Não vão se importar se algo ruim acontecer comigo, se eu morrer pra valer. Querem somente ajustar as agulhas, os eletrodos, o programa, a anestesia, a sonda neurológica, essas coisas.

Na certa me pegaram enquanto eu dormia. Não é difícil entrar no Babel Hotel e levar um dos hóspedes sem que a segurança do hotel perceba.

Provavelmente muitas outras cobaias sem grande valor devem ter sido sequestradas em todo o país. Para que os ajustes possam ser feitos eles, os cientistas, precisam de gente diferente, de mentes diferentes: homens, mulheres, crianças, negros, brancos, amarelos, fotógrafos, advogados, médicos, pedreiros, atletas, aposentados, donas de casa, feirantes, estudantes. Gente muito diferente.

O que vai acontecer com a gente depois que os testes tiverem acabado?

Tenho até medo de pensar nisso.

Acabrunhado, eu volto a segurar rente ao nariz a foto dos edifícios cinza. Na parede de um deles, nessa parede corroída pelo tempo, há uma pichação quase ilegível.

Eu sei de cor o que diz essa pichação. Antes eu precisava da minha lupa pra poder ler, agora não preciso mais.

Aí está o aviso: "Fica ligado, maninho, senão o zé-mané do táxi vai te queimar em dois tempos".

O zé-mané do táxi.

Heitor.

Abro a mochila e guardo a foto atrás da carteira.

Opa, o celular. Onde foi que eu deixei... Procuro no bolso da calça. Ah, também tá na mochila.

É a Rhana.

Na última hora ela já tentou falar comigo cinco vezes.

Ela, o Tigre, a Estela, o Ulisses, todo mundo está doidinho pra falar comigo.

Não dá. Não posso perder meu tempo com eles.

Agora que descobri a real natureza de minha situação eu não posso deixar essas pessoas feitas de fumaça desviarem minha atenção do que verdadeiramente importa. Não posso me distrair com gente que, agora eu sei, não é de carne e osso. São entidades que só existem na minha memória. São apenas impulsos elétricos dentro do meu cérebro: pequenos choques que sacodem os agrupamentos de neurônios. Não podem me ajudar a acordar e a fugir das garras dos meus raptores.

Antes eu até confiava nessas entidades.

Isso porque eu acreditava que elas estavam na mesma situação que eu: éramos sete prisioneiros do tempo trabalhando juntos pra sair desse pesadelo.

Então lembrei dos boatos que sempre circularam pelas redações de jornal. Os boatos que falam de guerra e espionagem. As histórias sem comprovação, que acusam o país vizinho de estar interessado em nossas riquezas.

Aí tudo se encaixou.

"Foge, sai deste hotel, desaparece, você não passa de uma cobaia nas mãos dos cientistas estrangeiros", foi o que eu disse a mim mesmo.

Por isso estou aqui nesta maravilhosa praça de alimentação, diante desta magnífica caneca de chope e destas estupendas batatas fritas. É tudo falso, eu sei. Nada disto é real. Está tudo na minha mente. Mas, ah, este chope e estas batatas estão deliciosos.

Opa, o celular de novo.

Agora é a Kika.

Isso é golpe baixo. Esses cientistas estão jogando sujo.

Deixem minha filha fora disso, sacanas!

Caramba, tô mesmo bêbado. Tá todo mundo me olhando. É melhor eu me controlar.

Maldito celular, não vou atender, não suporto ouvir a voz da minha filha, é muito doloroso.

Para, para de tocar. Você não é real!

– Outro chope, senhor?

– Não, não, a conta, tenho que sair daqui, traz a conta.

– Só... Só um minuto.

– Rápido.

– Tá...

Que demora. Se demorar muito eu vou embora sem pagar. Sinto que se eu ficar mais um minuto aqui eu vou enlouquecer. Ah, chegou.

– A conta, senhor...

– Fica com o troco.

Meio tonto, eu engulo o último gole de chope, coloco minha mochila a tiracolo e saio abrindo caminho na multidão que ocupa todos os espaços da praça de alimentação.

O barulho aqui é insuportável, as pessoas não param de matraquear.

Sempre gostei do fuzuê dos *shoppings*. Eu sei, eu sei, esses lugares se resumem a muito mármore, plástico, vidro e alumínio, é por isso que não têm identidade própria, nada neles é muito marcante. Mesmo assim gosto de perambular por suas alamedas e seus corredores impessoais e sem personalidade.

O barulho aqui é insuportável. Simplesmente in-su-por-tá-vel. Mas não consigo deixar de ouvir o maldito toque do meu celular.

Por que eu não desligo o aparelho?

Boa pergunta.

É porque... Bem, é... É... Não sei por quê.

Quero dizer, sei sim.

Esperança.

É isso.

Muita esperança.

Tenho esperança de que alguém vai vir me ajudar. Alguém de fora deste mundo. Alguém que não concorda com os métodos cruéis da equipe de cientistas que desenvolveu esta prisão mental.

Não estou sendo ingênuo, não, sei que ele está lá fora, sei que ele existe e está batalhando por mim.

O medalhão é a prova disso.

É, o medalhão de ouro que eu trago na mochila, junto com a câmera, o celular, a carteira e um monte de cacarecos.

Ele é redondo, do tamanho da palma da minha mão, vazado no meio e cheio de inscrições estranhas. Não são hieróglifos, ideogramas ou criptogramas, não são sinais astecas, gregos, hebraicos, sumérios, indianos ou babilônios (hoje de manhã eu fiz uma rápida pesquisa na internet). Não são símbolos alquímicos, matemáticos ou astrológicos. São símbolos que nunca vi antes. Não faço a menor ideia do que significam. Mas sei que o medalhão é muito importante.

Ele guarda muitos segredos, do contrário este rebuliço todo não estaria acontecendo.

O celular de novo.

É outra vez a Kika.

Atendo ou não atendo?

Sei que não é realmente a minha filha, sei que é só alguém sem escrúpulo manipulando as melhores lembranças que tenho dela, as minhas melhores lembranças, mas, ah, adoro escutar a sua voz. Não é por isso que estou lutando: pra reencontrar a minha filha?

O toque não para.

Atendo ou não atendo?

Atendo.

Alguns segundos dessa doce ilusão não farão mal algum.

– Oi, Kika. Tudo bem?

– Oi, pai. Nooossa, tô tentando falar com você faz um tempão.

– O celular tava sem bateria. Tive que recarregar.

– Hoje você não telefonou! Você disse que ia telefonar toda manhã pra me dar bom-dia. Bom-dia e boa-noite. Você disse!

– Desculpa, filhota. É que hoje o dia foi muito, muito corrido. Mas, você tem razão, eu pisei na bola. Isso não vai acontecer de novo. Eu prometo.

– Quando você vem me ver? Tô com saudade.

Nessa hora é difícil controlar a voz. Não quero que ela perceba que estou muito emocionado e vulnerável, que meu coração parou de bater. Engulo a saliva, respiro fundo e respondo:

– Também tô morreeendo de saudade. Logo, logo eu estarei aí com você. Prometo.

– Ih, a mamãe tá aqui do meu lado dizendo que você promete muita coisa mas não cumpre quase nada.

– Eu vou cumprir, sim! Fala pra tua mãe que essa promessa eu vou cumprir custe o que custar! Eu juro!

As pessoas em volta me olham de um modo estranho. Devem estar assustadas com os meus berros.

Kika também reclama:

– Aiii, não precisa gritar.

– Desculpa.

Eu estou curtindo bastante o papo. Até o instante em que lembro que a Kika não é realmente a Kika. Aí desanimo e perco a vontade de continuar conversando. Tudo não passa de ilusão. E isso dói muito. Essa meiga voz que vem de longe, essas doces palavras e esse riso carinhoso que vêm mexer com meus sentimentos estão vindo na verdade de parte alguma. Tudo isso é tão artificial quanto o material de que é feito este *shopping*.

Tudo isso é tão belo e vazio e luminoso e triste e delicado e duro como a enorme cúpula de cristal e aço que coroa o último andar deste *shopping*.

Quando Kika nasceu eu não estava por perto. Também não estava por perto quando ela falou sua primeira palavra e, mais tarde, quando deu seus primeiros passos.

Essas lembranças que eu não tenho me fazem pensar... Se eu quisesse, se eu quisesse muito, será que conseguiria fabricá-las neste exato instante? Será que, com muita força de vontade, eu consigo me lembrar de coisas que nunca presenciei?

Aqui tudo é possível, não é mesmo?

Deixa pra lá.

Tô falando bobagem.

Se eu não estava lá pra ver com meus próprios olhos então não vale a pena inventar. Chega de mentiras.

Kika e eu tivemos milhares de momentos maravilhosos que nunca esquecerei, e é isso que importa porque é isso que me mantém lúcido. Milhares de risos, abraços, beijos, carinhos e brincadeiras brilhantes, azuis, verdes e vermelhas: uma esfera muito mais impressionante do que essa cúpula fria e idiota. Uma esfera cheia de vaga-lumes alegres e radiantes.

– Alô? Pai? Alô?

– Oi, filha. Pode falar. Ainda tô aqui.

– Você tá esquisito... Que foi?

– Cansaço. Só tô precisando descansar um pouco.

Ela dá risada, pergunta se tirei muitas fotos hoje e, antes que eu tente responder, ela bloqueia minha fala e continua contando tudo o que fez à tarde. Eu adoro esse jeito espontâneo com que as crianças esnobam os assuntos sérios dos adultos.

Minutos depois desejamos boa-noite um ao outro e desligamos.

Ao guardar o celular na mochila minha mão roça o medalhão.

Ele está estranhamente quente.

Tiro-o da mochila e fico admirando no meio do corredor movimentado as inscrições indecifráveis e subitamente ameaçadoras, que agora brilham como se fossem radioativas.

"Que negócio é este?", eu penso.

Alguém chega por trás e toca meu ombro. Eu giro o corpo, em pânico, e enfio automaticamente a mão e o medalhão no bolso da calça.

Heitor fica parado me olhando, preocupado com minha reação pouco amistosa. Pelo visto ele não estava me seguindo nem esperava me encontrar aqui. Ele carrega um saquinho de pão de queijo e a sua boca está cheia. Então ele engole o que estava mastigando, estica o braço e pede apontando para o meu bolso:

– Você precisa devolver isso aí.

– Não chega perto.

– É sério, Flávio, você precisa devolver isso aí.

– Me deixa em paz, você não sabe nada sobre o medalhão. Nada. Então por que está tão interessado?

– Olha, amigo, fica calmo. Eu também não quero encrenca. O pessoal do hotel, sabe, o Tigre, a Rhana... O pessoal tá dizendo que esse troço aí é do magrelo.

– Eu sei de quem é.

– O Tigre disse que a gente precisa devolver o medalhão ao magrelo. Senão algo muito ruim vai acontecer.

– Tá brincando comigo? Olha à sua volta. Algo muito ruim já está acontecendo!

– Eu sei, eu sei, somos todos pecadores e não merecemos perdão, somos egoístas, vaidosos, arrogantes, gulosos, mesquinhos e estamos aqui pagando pelos nossos pecados, eu sei, eu sei, mas, ó minha santa Brígida, o Tigre disse que algo ainda pior vai acontecer se a gente não devolver o medalhão ao magrelo. Consegue imaginar algo pior do que isto aqui? Eu não. Minhas pernas tremem só de pensar...

– Heitor, eu preciso ir. Tchau.

– Ei, espera aí. Você não sabe se isso aí é de Deus ou do diabo. Pode ser perigoso...

Eu sei que o medalhão de ouro pertence ao conde Matias Melquior, eu também estava presente ontem à tarde quando a recepcionista do hotel entregou à Rhana o envelope fechado com o medalhão dentro.

Éramos ela, o Tigre, a Estela, a Paula e eu no saguão.

Ficamos espantados com esse objeto misterioso, que passou de mão em mão. Quando a Estela perguntou onde estava o conde, a recepcionista disse que não sabia:

– Num segundo ele estava aí na minha frente e no segundo seguinte o homem simplesmente tinha evaporado.

Ela contou também que ele parecia bastante agitado e não parava de vigiar a porta de entrada, as escadas e os elevadores.

– Assim não dá. Ele vem e vai sem a menor cerimônia – eu reclamei.

– Lá, do outro lado da avenida – a Paula apontou.

Fomos até a porta e vimos o magrelo em pé na sombra, olhando para nós, meio escondido ao lado de uma pilha de caixas de tevê, em frente a uma loja de eletrodomésticos com pouco movimento.

Um ônibus cortou nossa visão e, como a recepcionista dissera, no segundo seguinte ele já não estava mais lá. Evaporou.

Aproveitei a distração de todos e fugi com o envelope.

Hoje pela manhã, ao acordar novamente no meu quarto do Babel Hotel, o medalhão não tinha sumido. Esse é o maior sinal de que ele não pertence a este mundo. Sua realidade é outra, sua natureza é totalmente diferente da natureza desta Cobra Norato onírica.

Ao perceber isso eu tive que fugir rapidinho do hotel. Logo os outros estariam na minha porta reivindicando o medalhão.

Andei pela cidade, me escondi em cafés e livrarias, até vir para cá. Faz mais de três horas que estou aqui.

Eu caminho com passadas largas pela alameda do *shopping*, evitando esbarrar nos casais e nas crianças. O perfume de jasmim é delicado. Mas não há flores nas imediações, o ar aqui é aromatizado artificialmente. Olho pra trás e vejo o Heitor ainda na minha cola.

Preciso encontrar o magrelo.

Tenho quase certeza de que ele está tentando me ajudar. Não há outra explicação para o que anda acontecendo. Sei que este medalhão é a chave que vai me fazer acordar deste sono induzido, deste sonho programado.

"Vamos, Flávio, usa a cabeça, pensa, você precisa encontrar o magrelo", eu ordeno a mim mesmo.

O magrelo. Por que ele não aparece de vez? Por que fica se escondendo?

Talvez porque... Se ele está fugindo e se escondendo é porque ele sabe que também está em perigo. Os cientistas do país vizinho, só pode ser isso, eles são os caras que estão querendo pegar o magrelo.

O conde Matias Melquior na certa era um deles, mas por alguma razão ele os traiu e depois desertou. Por alguma boa razão. Mas qual razão seria tão boa?

Só espero que ele tenha um bom plano.

Só espero mesmo, de coração, que cedo ou tarde ele consiga controlar esta situação.

Do jeito que as coisas estão indo, aos trancos e barrancos, não sei, não. Como o gorducho do Heitor disse: o que já está ruim pode acabar ficando muito pior.

– Flávio!

– Larga do meu pé, Heitor.

Começo a correr pela alameda, patino, dobro a esquina, atravesso o pátio sob a claraboia e disparo na direção da escada rolante cheia de gente. No andar de baixo eu patino novamente mas continuo apressado, deslizando entre as pessoas e esbarrando a mochila em algumas delas. Desço mais um lance de escadas, depois outro e outro.

No térreo há tanta gente que já não dá mais pra continuar fugindo em alta velocidade. Braços e pernas cruzam minha frente e se enroscam em mim feito cipó. Parece que várias lojas chiques de roupa feminina estão fazendo uma superliquidação e isso levou à loucura todas as mulheres da cidade.

No meu bolso o medalhão vai ficando cada vez mais quente.

Tento tirar a mão do bolso mas estou tão prensado que não consigo mexer o braço.

A multidão se move lentamente para a direita, meus pés escorregam no piso seguindo o curso do redemoinho; eu vou sendo arrastado contra a minha vontade e não posso fazer nada pra impedir isso.

Lá adiante vejo a careca suada do Heitor. De repente ela desaparece. Será que o coitado se afogou neste oceano furioso? Não. Lá está sua cabecinha novamente. Se cuida, Heitor, o mar não tá pra peixe. Parece que ele está tentando falar no celular. Dedo-duro! O tratante deve estar ligando para os outros.

Aaah, essa mulherada não me deixa respirar!

Magras, gordas, feias, bonitas, altas, baixas, jovens, velhas, centenas delas abarrotam os corredores e o átrio. A gritaria é ensurdecedora. Meus pés vêm e vão, recebendo pisões de todos os lados. Eu tento me desvencilhar, eu tento nadar contra a corrente, eu tento fugir para a avenida, mas não dá. Sou refém de fêmeas enfurecidas loucas para comprar vestidos e blusas.

Finalmente consigo dobrar o cotovelo e tirar a mão do bolso. O medalhão quente vem grudado na palma e o cheiro de carne queimada me deixa horrorizado.

Apesar disso continuo segurando o medalhão. Não posso deixá-lo cair nesta correnteza de corpos desvairados.

Minha mochila foi arrancada de mim um minuto atrás e não sobrou nada dela pra contar a história.

Na confusão de olhos, narizes, orelhas, ombros e pescoços eu vejo o rosto da Rhana lá longe, depois o da Estela. As duas olham desesperadamente pra mim. Não estão interessadas em calças, saias ou camisetas transadas. Vejo o movimento de seus olhos, fico atento ao par de bocas que parece gritar: "Fláááááá...".

Do outro lado do redemoinho, girando muito mais rápido do que eu, vejo a Paula e o Tigre. "Pra festa ficar completa tá faltando só o Ulisses", eu penso.

Nessa hora um sujeito numa cadeira de rodas passa rodopiando bem do meu lado. Parece até brincadeira. Eu aceno pra ele:

– Se cuida, Ulisses.

Ele acena pra mim:

– Tô tentando, tô tentando.

O medalhão está tão quente que sou obrigado a soltá-lo.

Pra minha surpresa ele não cai no chão nem desaparece entre as pernas e os pés da multidão.

Ele começa a flutuar.

Exatamente. Ele flutua.

O estranho objeto paira poucos centímetros acima do grupo compacto que superlota o térreo do *shopping*.

O ouro já não é mais ouro, é outro metal qualquer. As inscrições em sua superfície vazada brilham intensamente e essa luz expande-se pelo local. Sua força é incrível: as pessoas param de se mover ao serem tocadas por esse brilho alaranjado que vem de cima.

O redemoinho não rodopia mais, o vozerio se acalma. Pernas, braços, bocas, olhos: tudo está congelado.

Menos eu.

Devagar eu vou saindo da multidão, passando pelas brechas na rocha sólida feita de corpos humanos paralisados.

As inscrições no medalhão emitem uma radiação esverdeada e um zumbido incômodo que me obriga a tapar os ouvidos.

De onde estou eu vejo que os meus amigos também não estão imóveis. Aqui e ali todos eles, com os ouvidos igualmente tapados, começam a se desvencilhar da multidão adormecida.

Meia hora depois de muito esforço, desviando de gente retorcida e passando por baixo de pernas abertas e braços esticados, consigo chegar à entrada do *shopping*, onde o zumbido que vem de dentro é praticamente inaudível.

Cansado, arqueado, olho para a avenida e vejo que toda a cidade está paralisada. Lá fora nada se mexe: a copa das árvores, os carros, as pessoas, os cães, os gatos, a fumaça, o vento. No momento em que mergulhava em direção a um ipê-amarelo uma delicada esquadrilha de andorinhas foi pega e transformada num móbile imóvel. Por um minuto eu tenho a impressão de estar dentro de um imenso holograma.

Estela é a primeira a se aproximar. Ela admira a avenida congelada no tempo, me olha e não diz nada.

Em seguida chegam os outros, o Tigre na frente, a camisa cheia de manchas de suor. Chegam feito sombras, sem definição no rosto, sem expressão.

Chegam todos, menos um.

– Cadê a Rhana? – eu pergunto.

Ulisses, estacionando ao meu lado, responde com outra pergunta:

– Droga, ela não conseguiu sair?

– Fiquem aqui, eu vou procurar a Rhana – comanda o Tigre indo na direção do saguão do *shopping*.

Mas ele não tem tempo sequer de chegar perto do pórtico em estilo neoclássico. O fogo, o leve tremor de terra e a luz laranja não deixam.

– Que é isso?! – Paula perde o equilíbrio e cai sentada na calçada.

Não dá pra saber ao certo. O que está acontecendo dentro do *shopping* a gente só vai ficar sabendo com exatidão amanhã, quando a própria Rhana – pobre Rhana – voltar à vida e contar pra gente.

Quem está do lado de fora sente o abalo e vê apenas o clarão, as chamas e a fumaça. As colunas e a abóbada do pórtico tremem, em seguida o edifício inteiro vem abaixo.

Tigre

Acordo mais uma vez no sofá macio do saguão do Babel Hotel.

Mas, espera aí... Algo está diferente.

Acordo lembrando tudo o que eu não devia, não podia ter esquecido. Tudo.

Não sei o que provocou minha perda de memória. Não sei por que acabei esquecendo o que nunca podia ter esquecido.

Que mal-estar!

Diferente das outras vezes, agora as lembranças voltam. As lembranças sufocadas voltam todas ao mesmo tempo. São muitas. A pele do meu rosto estica e vibra como se estivesse recebendo cem mil picadas de formiga.

Essas lembranças apagadas acendem uma fogueira e me queimam. Estão vivas.

São três horas da madrugada. Minha cabeça dói.

Finalmente lembro do mar e da lua.

Finalmente lembro de Luana. E de Solange.

Massageio as bochechas e o queixo, bocejo, sento no sofá e fico encarando o sujeito amarrotado e cansado que me encara de volta, sentado há dois metros de mim. Esse sujeito parece feito de sal.

Esse sujeito sou eu.

Deixo o espelho do saguão pra lá. Não gosto de espelhos, eles me provocam calafrio. São passagens sobrenaturais, são portas para outra dimensão.

Estou tonto, minhas mãos tremem, os joelhos latejam, as coxas estão doloridas. Tento ficar em pé e caio de volta na maciez do sofá.

As lembranças retornam fulminantes, todas de uma vez.

– Preciso de um café – digo, mas não há ninguém para escutar.

A recepção está deserta. O porteiro também não está de sentinela ao lado da porta. Os hóspedes na certa dormem. A cidade lá fora dorme.

Como foi que eu conheci Luana?

Estou quase lembrando, quase... Foi há alguns dias. No final das minhas férias. Eu estava na praia.

O oceano mudou a minha vida. Seu eterno murmúrio invadiu as minhas artérias e foi logo modificando todos os órgãos que encontrou pela frente.

O oceano e a lua cheia.

As ondas, a espuma, as algas, as sereias e o sal.

Os vastos e solitários desertos da lua são feitos de sal.

Não sabia?

Hoje eu também sou feito de sal.

Eu estava sentado sozinho na areia, terminando de tomar mais uma cerveja e admirando o mar sob a lua cheia. No último gole o mar gritou.

As ondas pediam socorro.

Onde? Lá, perto das pedras.

A areia embaixo dos meus pés ainda tentou me segurar na praia, eu lutei e escapei, entrei na água e fui novamente agarrado e imobilizado. O oceano se jogou inteiro em cima de mim, eu rodopiei e rodopiei e rodopiei, a água lavou minha alma e o sal desinfetou meus pulmões e meu estômago.

Agora era eu quem pedia socorro.

Foi quando aconteceu o milagre.

A lua enviou alguém de mãos ágeis e espertas, e eu me apaixonei por essas mãos.

De novo na areia, engasgando e tentando reaprender a respirar, o homem de sal – eu – desmaiou e não teve oportunidade de agradecer ao espírito feminino que o salvara.

Não teve oportunidade.

Não nessa noite.

Mas na noite seguinte o espírito retornou. E na outra, e na outra. Primeiro nos tornamos bons amigos, depois muito mais do que isso.

Até que subitamente ele deixou de vir. Ele não, ela. Então eu percebi que a amava.

O homem de sal juntou sua tralha e saiu à sua procura.

Ah, caramba, agora eu me lembro de tudo. Eu não vim ao Babel Hotel a trabalho.

Vim sozinho, por minha própria conta. Não avisei ninguém.

Vim atrás do irmão de uma mulher que eu conheci há vinte dias no litoral. Uma morena enviada pela lua, muito atraente e de mãos ágeis e espertas, uma morena chamada Luana, que há duas semanas desapareceu sem deixar pistas. Isso, é claro, logo depois de salvar a minha vida e me enfeitiçar completamente com sua beleza primitiva. Cruel Luana. Desde que a conheci, eu digo pra mim mesmo que ela é a minha mulher-lua.

Eu sou seu homem de sal.

Loucura.

Ela era tranquila e misteriosa, não falava muito nem erguia a voz. Nunca a vi rir ou sequer sorrir. Seu cabelo longo e crespo vivia constantemente sobre o olho esquerdo, dos dois o mais enigmático e sedutor (eu o vi só uma vez). Ela era muito diferente de sua irmã gêmea, Solange, a figura mais elétrica, espalhafatosa e tagarela que já conheci.

Solange também desapareceu sem deixar vestígios.

Foi então que eu comecei a desconfiar que nunca houve duas mulheres, nunca houve esse lance de irmãs gêmeas. Desconfio que Luana e Solange são a mesma pessoa. Melhor dizendo, tenho quase certeza de que uma é a face lunar e a outra é a face solar da mesma mulher.

Por isso vim ao Babel Hotel: pra tirar a limpo essa história.

Mas não encontrei irmão nenhum.

Encontrei somente o magrelo, que na certa logo percebeu que por baixo da camiseta e da bermuda, por trás da expressão bronzeada de turista que acabara de chegar da praia da Jangada, estava um policial disfarçado. Um mau policial disfarçado, ou um policial mal disfarçado, tanto faz.

O fato é que ele surgiu pouco depois que a recepcionista (um rosto redondo com sobrancelhas juntas, orelhas pontudas e olhos dourados) desligou o telefone:

– O doutor Eclesiastes está descendo pra falar com o senhor.

– Ele é médico?

– Parece que não. Vamos ver... Onde foi que puseram a ficha dele? Aqui está. O doutor Eclesiastes é advogado.

Ela ainda repetiu o que havia dito logo que eu entrei: que o hotel estava praticamente deserto, que o tal doutor era o único hóspede do hotel nesse dia e talvez fosse o homem que eu estava procurando.

Mas o safado veio de outra direção. Enquanto eu vigiava os elevadores e a escada o magrelo apareceu por trás, chegando da avenida. Ao me ver de costas ele deve ter notado a arma escondida embaixo da camiseta.

Era quinta-feira por volta da meia-noite, a hora preferida de Luana. A hora dos fantasmas sedutores. O céu estava nublado e não havia lua nem estrelas.

Fui claro e objetivo. Devo ter sido até mesmo meio ríspido. Não me apresentei, apenas mostrei a única foto que eu tenho de Luana e perguntei:

– Você é o irmão dela?

Ele não respondeu nada. Simplesmente ficou em posição de estátua, me observando, os olhos ocultos atrás das lentes negras e carrancudas dos óculos mal-encarados.

Tive que me controlar muito pra não agarrar seu pescoço, pra não começar a estrangular ali mesmo, no meio do saguão, esse sujeito saído de um filme de terror dos mais vagabundos.

Decidi mudar de tática.

Guardei a foto no bolso da bermuda e tentei ganhar sua confiança amolecendo um pouco meu tom seco e irritado:

– Meu nome é Tigre. Eu conheci essa moça há alguns dias, então ela desapareceu. Estou preocupado. Tenho a impressão de que algo muito ruim aconteceu a ela.

Ele moveu de leve a mão magra e o queixo pontudo indicando um dos sofás do saguão, atrás do canteiro de bananas-do-brejo.

Aceitei o convite.

Assim que sentamos no sofá ele tossiu, fungou e indicou o bolso da minha bermuda. Eu peguei a foto e entreguei a ele dizendo:

– Ela disse que o irmão estava hospedado aqui. Também disse que vocês não são muito chegados. É estranho... Ontem todos os hóspedes deixaram o hotel, o prédio está vazio, sobrou somente você. Como isso é possível? Você é o único hóspede... Mas não se parece nem um pouco com Luana. Ou com Solange.

O doutor – ou devo dizer o conde? – grunhiu algo como:

– E daí?

Eu emudeci. O homem era mesmo econômico com as palavras. Fiquei analisando-o de cima a baixo. Eu precisava encontrar um jeito de entrar na sua mente e de fazê-lo falar. Não foi preciso. Ele mesmo decidiu ir em frente. Com voz rouca e azeda o magrelo espontaneamente disse, num português esquisito:

– Que impotência... Como fala? Importância. Que importância agora isso ter? Ela se foi. Acabou! Pelo menos pra ela acabou. Para ela e para o *irmon*.

– Você não é o irmão dela?

– Claro que *non*.

– O que sabe sobre ela?

– *Non* muito.

– Tudo bem, me conta o que sabe.

– *Non* vai dar. Ir embora, eu. Eu tenho que ir.

Ele se levantou, alisou a manga direita do sobretudo preto, tirou do punho um fio de cabelo, jogou-o longe e virou para ir embora. Antes que ele desse dois passos eu segurei seu cotovelo:

– Ei, devagar, meu chapa. A gente ainda *non* terminou.

Ele deu meia-volta, segurou meu pulso, chegou o rosto bem perto do meu, a ponta do seu nariz quase tocando a do meu, e disse:

– A gente terminou, sim.

Apesar de eu ser muito mais musculoso do que ele, o magrelo me dominou quase sem fazer força. Através das lentes escuras eu pude ver suas pupilas iluminadas me hipnotizando enquanto ele dizia:

– Não existe Luana. Não existe Solange. As duas eram a mesma pessoa. Algo deu errado, algo deu muito errado. Agora é tarde, pelo menos para ela. E para o irmão. Eles se foram. Agora durma. No tempo certo você saberá a verdade. Não agora. No tempo certo. Durma.

E eu adormeci. E esqueci tudo. Ou quase tudo.

Esqueci Luana, Solange e todo o resto. Mas não esqueci as pupilas de néon do magrelo nem as sobrancelhas unidas, as orelhas pontudas e os olhos dourados da recepcionista.

Algum tempo depois, ao acordar, eu logo percebi que o hotel não estava deserto. Apesar do avançado da hora – é normal que na alta madrugada os espaços públicos fiquem desertos –, os hóspedes e os visitantes transitavam pelo saguão freneticamente, indiferentes a mim, sem se preocuparem com este policial de bermuda e camiseta dormindo no sofá.

Por que então a recepcionista dissera que o hotel estava praticamente vazio?

Aliás, a tal garota não estava mais na recepção. Ela simplesmente desapareceu. Ela e o magrelo.

A primeira impressão que eu tive, e a mais forte de todas, foi a de que o lugar era mal-assombrado. Foi nisso mesmo que pensei: fantasmas.

Eu podia chamar o chefe da segurança e o gerente, eu podia investigar essa estranha recepcionista e o sujeito de óculos escuros, mas resolvi deixar pra lá. Já era sexta-feira e eu estava cansado e desnorteado.

– O que eu vim fazer aqui a esta hora? – eu me perguntava saindo do hotel.

O sol precisou nascer, cruzar o céu e se pôr, eu precisei deitar na minha cama e acordar novamente no sofá do Babel Hotel pra perceber que as coisas estavam muito mais erradas e complicadas do que eu tinha imaginado.

Então veio outra sexta-feira. E outra. E outra.

Então eu morri e renasci. Então o *shopping* veio abaixo. Então eu acordei outra vez no mesmo eterno sofá.

E aqui estou.

Rhana sai do elevador, se aproxima de mim e sem sequer dizer olá vai direto ao ponto:

– Você tem que me ajudar. Sozinha eu não dou conta.

Eu não titubeio. Sei exatamente do que ela está falando. Verifico se minha arma está onde a deixei (ela sempre está lá).

– Vamos lá – respondo.

Pegamos o elevador e paramos no nono andar. Andamos rapidamente até o apartamento 910.

Encontramos o Flávio saindo sorrateiro de seu apartamento.

Ele me vê e para até de respirar, seus olhos vão e vêm pelo corredor, procurando uma maneira de escapar. Sem falar nada eu pulo em cima dele, torço seu braço e o derrubo no carpete. Flávio sabe muito bem por que está sendo imobilizado.

Eu pergunto:

– Onde está?

Ele resiste por um segundo. Eu forço seu braço. Ele solta um gritinho e entrega os pontos:

– Na mochila. Ai.

Rhana abre a mochila, vasculha seu interior, para de remexer, pega o medalhão, mas o pega com certo medo ou nojo, como se segurasse um animalzinho perigoso. Só então eu solto o Flávio, que relaxa os músculos e pede desculpa:

– Sinto muito. Pelo *shopping*, por tudo. Desculpa, Rhana.

Nós três escutamos passos no corredor.

É a Estela que chega esbaforida e, logo que vê a gente, fica mais calma. O medalhão está seguro.

– Passa ele pra cá. Agora eu cuido disso – eu peço à Rhana, que me entrega o cobiçado disco de ouro.

Por ora não há muito o que fazer. Só o conde sabe o que é e como seu medalhão deve ser usado. O jeito é esperar que ele faça contato outra vez.

Sugiro aos três que não se dispersem. Recomendo que fiquem por perto e peçam ao Heitor, à Paula e ao Ulisses que façam o mesmo. Já quase dentro do elevador eu repito:

– Deixem o celular ligado. Qualquer novidade eu entro em contato.

Antes que a porta esteja totalmente fechada a Rhana interrompe seu fechamento, cortando com a mão o fio de luz vermelha do sensor.

– Vou com você.

Durante a descida ela me convida para tomar o café da manhã no hotel. Paramos no primeiro andar, mas a porta de vidro do restaurante ainda está trancada e o interior está escuro e deserto.

Rhana sugere que esperemos sentados na espreguiçadeira do

corredor, ao lado do vaso de espadas-de-são-jorge. Enquanto esperamos o restaurante abrir, conto a ela toda a minha história. No final do relato, ela diz "Uau", junta as mãos de um jeito engraçado, como minha professora de matemática costumava fazer, e diz:

– Ok, homem de sal, vamos ver se entendi. Você conheceu a Luana na praia da Jangada. Numa noite de lua cheia.

– É. Eu estava completamente bêbado. Pensei ter ouvido alguém gritando. Alguém pedindo socorro. Entrei na água e quase me dei mal. Se a Luana não estivesse por perto eu teria me afogado.

– Aí vocês começaram a namorar.

– Exatamente.

– O problema é que você só encontrava a garota à noite.

– No começo eu achei isso muito estranho. Ela bem que tentou se justificar, dizendo que sofria de uma grave doença de pele. Que não podia se expor ao sol de jeito nenhum.

– E durante o dia você encontrava a Solange.

– Rhana, você precisava ver, as duas eram idênticas. Iguaizinhas mesmo, sem tirar nem pôr. A única diferença era o temperamento. E a cor da pele. A da Solange era um pouco mais escura do que a da Luana. – Penso um pouco, tento reordenar as lembranças. – Mas nem mesmo disso eu tenho certeza. Não sei. A luz do sol muda tudo: a cor da pele, da areia, do mar. Tudo.

– Solange era alegre, jovial, extrovertida.

– E Luana era melancólica, delicada, introvertida.

– Por que acha que as duas eram a mesma pessoa?

– O magrelo confirmou minha suspeita. O tal conde... Ele confirmou. Ele disse que as duas eram a mesma pessoa. Também disse que ela e o irmão estavam perdidos pra sempre. Que era tarde.

– Tarde pra quê?

– O desgraçado não disse. Seus olhos brilharam e eu desmaiei. Caí no sono no sofá do saguão. Depois disso eu perdi a memória. Tudo se foi: Luana, Solange, o magrelo... Eu não lembrava mais nada. Até hoje de manhã.

A luz do restaurante é finalmente acesa. Seis funcionários começam a circular entre as mesas carregando xícaras, pratos e bandejas. De onde estou eu vejo uma pequena torre de presunto e outra de mussarela sendo arrumadas em cima da mesa maior.

Indiferente a toda essa movimentação, Rhana separa as mãos e comenta:

– Tudo bem. Mas antes de o conde confirmar sua suspeita você já desconfiava de que a Luana e a Solange eram a mesma pessoa.

– Foram os pescadores.

– Os pescadores?

– Depois que Luana parou de ir à praia, eu comecei a investigar seu desaparecimento. Procurei os moradores da região. Conversei com todos, expliquei a situação, mostrei a foto tirada à noite, em que ela aparece ao meu lado. Ninguém se lembrava dela.

– Ninguém? Como isso é possível?

– Todos disseram que não conheciam a Luana. Os homens e as mulheres, todos disseram que nunca tinham visto a garota da foto.

– Você acha que mentiram?

– Não sei... Talvez. Ainda estou confuso. Um dos pescadores, o mais velho deles, sugeriu que eu falasse com a Curandeira. Ele me chamou num canto e insistiu "Fala com ela, fala, a Curandeira vai te ajudar". A mulher morava no final da praia, numa cabana caindo aos pedaços. Fui falar com ela.

– E...

A porta de vidro do restaurante é aberta.

Eu levanto e convido minha companheira a fazer o mesmo. Estou faminto. Cinco minutos depois, sentados à mesa repleta de comida, Rhana insiste:

– E...

Eu mastigo e falo ao mesmo tempo:

– A velha dava dó: velhinha mesmo, cega de um olho e quase não tinha dentes. Igual ao seu barraco, caindo aos pedaços. Eu cheguei na hora em que ela estava preparando uma sopa malcheirosa. Enquanto cozinhava ela falou de uma mulher morena que havia morrido afogada dez anos antes. Um espírito errante que desde então assombra a praia da Jangada. Contou que a afogada só aparece aos homens bonitos e solitários. Ela vem, seduz o coitado, arrasta-o para o mar e o afoga. "Bonito e solitário", ela repetia. Aí a velha parou de mexer no caldeirão, ergueu o olho bom e me avaliou, pra ver se eu me encaixava nesse critério.

– Você acreditou nessa baboseira?

– Não sei... Não sei mesmo.

– Um fantasma. Uma assombração que se divide em duas. De dia ela é Solange e de noite ela é Luana.

– É.

– Como você explica o fato de ainda estar vivo? Por que esse espírito não te afogou?

– Não sei.

Ficamos algum tempo em silêncio. Mastigando.

Então eu bebo um gole do suco de laranja e revelo a minha hipótese:

– Ela tentou me afogar. Mas depois, por alguma razão, mudou de ideia.

– Isso é muito suspeito, não acha?

– É lógico que eu acho.

– Aposto que ela se apaixonou. Aposto meus dentes do siso como ela olhou bem pra você, indefeso, desacordado, carente, e se apaixonou.

Eu não digo nada, simplesmente continuo mastigando. Rhana mexe no cabelo. Seus lábios parecem ter sido pintados por Leonardo Da Vinci, eles imitam os da *Monalisa*: ora sugerem que ela está achando graça de mim, ora sugerem o contrário, indicando que ela está muito séria.

Eu engulo meia fatia de bolo de cenoura e continuo:

– Em nosso último encontro Luana começou a falar um pouco de si mesma, de sua vida. Ela era tão... tão... real. Disse, entre outras coisas, que tinha um irmão morando em Cobra Norato. Disse que ele morava há bastante tempo no Babel Hotel.

O café da manhã começa a pesar no estômago, isso vai deixando meu raciocínio mais lento. Rhana também fica pensativa, curtindo o último gole de seu café com leite. Para ela toda essa história envolvendo espíritos e maldições não faz o menor sentido. Para ela tudo não passa de superstição, de crendice, de ilusão barata.

Eu ouço seus comentários sem reclamar. De certa forma eu respeito sua opinião. Mas não concordo com ela.

O mundo não é tão simples quanto parece.

Duas realidades diferentes se sobrepõem para formar o que a gente já se acostumou a chamar de *realidade*.

Existe o mundo físico, de objetos concretos: pedras, plantas, casas, nuvens, cavalos e pessoas. Mas tenho certeza de que também existe o mundo metafísico: o mundo de Luana e de todos os espíritos errantes. O mundo do magrelo e de suas ações sem sentido.

O medalhão guarda um grande segredo, eu tenho certeza de que ele é a chave para esse mundo sobrenatural.

Quando eu era criança e corria pra cima e pra baixo montado em meu puro-sangue invisível, perseguindo apaches e contrabandistas invisíveis, duelando com os assaltantes de diligência e os caçadores de recompensa – os pistoleiros mais rápidos do oeste –, todos invisíveis, à noite, exausto mas ainda excitado com essas aventuras de caubói, para me manter na cama minha mãe costumava contar histórias assustadoras sobre o oitavo dia da semana.

Ela apagava a luz, acendia só o pequeno abajur, mudava a voz, que ficava mais grave, lenta e tenebrosa, e antes de contar a história dessa noite, uma história que ela inventava na hora, minha mãe sempre repetia a mesma diabólica introdução:

Deus criou o mundo em seis dias e no sétimo descansou.

No oitavo o diabo tentou destruir tudo o que Deus havia criado.

Por isso, de puro medo, até hoje as pessoas fingem que o oitavo dia da semana não existe. É o dia em que os anjos não trabalham e os demônios saem do inferno pra raptar as crianças.

É o dia das bruxas e dos monstros que se escondem nos espelhos.

No oitavo dia da semana tudo acontece ao contrário: os palhaços choram e os doentes riem, os bebês morrem e os mortos renascem, o dia vira noite e a noite vira dia.

Tudo o que pode haver de ruim acontece justamente nesse dia, pois o oitavo dia da semana é pior do que sexta-feira treze.

Por isso, quieto! Se eu não parar de falar nele e não continuar fingindo que não existe, não sei o que pode acontecer.

É claro que minha mãe não ficava quieta, é claro que ela não parava de falar, o aviso era só para aumentar o suspense e o meu medo. Depois desse aviso puramente retórico vinha a tão aguardada história.

O oitavo dia da semana. Droga.

Esta eterna sexta-feira é o oitavo dia da semana. Tenho certeza disso. Mas não digo nada a Rhana, que agora olha pela janela do restaurante, os pensamentos perdidos no movimento monótono da avenida que devagar vai acordando.

Neste momento, diante da mesa cheia de farelo e gotas de café, eu sei, há apenas uma verdade absoluta: contra as forças do além a gente não tem como lutar. Muito desanimador, eu sei.

Somos reféns dos espíritos errantes e irracionais.

Eles dominam o tempo e o espaço, eles comandam o nosso destino. Somos fantoches em suas mãos.

E Luana está com eles, manipulando meus sentimentos, minha vontade, minha atenção. Estou perdido. Estamos todos perdidos.

Enfio a mão no bolso e jogo o medalhão em cima da mesa.

Rhana pisca como se acordasse de um sonho bom.

Ela sorri seu delicado e ambíguo sorriso de Monalisa. Eu pergunto:

– Que aconteceu no *shopping*?

– Ele estava lá.

– O magrelo?

– É. Quando tudo veio abaixo.

– Que aconteceu lá dentro?

– Essa... Essa coisa aí... – ela apenas aponta para o medalhão, sem vontade de tocar nele. – Essa máquina maluca. Ela brilhou e girou, girou e brilhou arrancando pedaços das paredes, congelando as pessoas, derrubando as colunas e o teto, eu não consegui sair. Então ele apareceu.

– Para terminar o serviço sujo...

– Não tenho tanta certeza. Creio que ele tentou me salvar.

– Duvido.

– Foi o que pareceu na hora. Ele surgiu do nada e passou voando sobre a multidão congelada, parecia que estava procurando alguém. Quando me viu ele veio em minha direção, ah, mas aí já era tarde demais. Tudo desabou.

Pego o medalhão de volta e o guardo no bolso da bermuda. Aperto de leve a mão de Rhana, pisco um olho e levanto.

– Preciso de um pouco de ar puro – eu digo me despedindo.

– Qualquer novidade, avisa a gente – ela pede agitando no ar seu celular.

Eu respondo afirmativamente com a cabeça e saio.

Minutos depois estou subindo a avenida em direção à minha casa. Preciso ficar um pouco sozinho. Não suporto mais a companhia dos outros. De que adianta ficar ao lado do Heitor, da Paula, da Estela, do Ulisses, do Flávio e da Rhana? Sinto que estou só neste mundo: a avenida, a cidade, o planeta todo está cheio de fantasmas e demônios mas ninguém mais percebe isso.

Ao chegar à Padaria Pão de Ló eu paro por alguns segundos apenas para observar a tevê ligada. Não sei qual é o programa que está no ar, mas assim que eu olho para a tevê a transmissão é subitamente interrompida. No seu lugar surge o rosto pálido de um menino. Ele olha bem pra mim e avisa:

– Você parece confiar muito na Rhana. Não devia. Ela não é quem diz ser. Quando você perceber isso, aí será tarde demais: você já estará morto.

Esse rosto desaparece e o programa volta a ser transmitido.

Todo dia é a mesma coisa. Todo dia esse mesmo menino me encara de longe, do fundo do tubo de imagem de uma tevê, e repete esse mesmo aviso. Quem se importa? Tô careca de saber que esses avisos nunca se realizam do jeito que a gente espera.

Continuo subindo a avenida.

As forças do mal devagar vão encampando tudo.

A realidade mudou. Um tipo de brecha, de ponte ou de portal miraculoso uniu os dois mundos, o daqui e o do além.

Vejo vultos surgirem e desaparecerem feito fumaça atrás de cada árvore. Com o canto do olho flagro silhuetas luminosas se movendo através de cada pedestre. Tentáculos invisíveis tocam os ladrilhos e os paralelepípedos, seres gosmentos da cor do céu flutuam a grande altura, o espírito dos mortos se infiltra na rachadura dos muros antigos. Na avenida ninguém mais vê tudo isso. Apenas eu.

Estou sendo vigiado, eu sei. Essas criaturas transparentes e enlouquecidas querem o medalhão. Mas elas também têm pavor dele, por isso não se atrevem a me atacar.

Passo em frente ao *shopping* de Cobra Norato e sinto certo alívio por encontrar a construção intacta. Cada coluna, cada cornija, cada vidraça, cada enfeite de concreto está no seu devido lugar. Está tudo aí.

Chego ao portão de casa e sinto um calafrio.

Sal.

Maresia.

Do jardim malcuidado não vem o perfume das rosas e dos lírios, vem o cheiro enjoativo do mar. Isso me faz lembrar de Luana.

Será que ela está por perto?

Abro a porta da sala e o cheiro fica mais forte.

A luz está apagada, a tevê está desligada, o aparelho de som também, todos os objetos parecem continuar no mesmo lugar em que eu os deixei antes de sair, mesmo assim algo me diz que não estou sozinho. Há mais alguém na casa. Ou algo: um animal ou uma criatura do outro mundo.

Saco a arma e fecho a porta devagar.

Vou seguindo a maresia.

Subo alguns degraus da escada de madeira e percebo que o cheiro vem do alto, provavelmente do meu quarto.

Paro no meio do caminho e escuto, algo ou alguém respira com dificuldade no andar de cima. Algo ou alguém suga o ar sofregamente. E arfa, e ronca, e tosse baixinho.

E tosse de novo tentando abafar o som com algo (a mão, o tentáculo, a garra?).

Subo mais alguns degraus e meus olhos agora estão na altura do piso superior. Vejo através da balaustrada a porta do meu quarto aberta até a metade. Duas botas sujas de barro aparecem no vão. Duas botas negras. Não estão em pé nem deitadas. Estão na diagonal.

O magrelo.

Ele está sentado na minha poltrona, as pernas esticadas e separadas, cercado pela areia e pelo mar fantásticos, impossíveis, sobrenaturais.

Antes que eu pense em subir o resto da escada ele me chama com voz arrastada:

– Tiii... gre.

Eu continuo imóvel, indeciso, pronto pra puxar o gatilho.

– Tigre, você vem cá. Vir perto... Não tenha medo. Aproximar.

Empurro a porta com a ponta do pé.

O quarto está no escuro. A maresia dentro dele é insuportável. Acendo o abajur e recuo um passo.

A cena é horrível. Deitada na minha cama, aparentemente morta, as mãos sobre o peito, a Estela. Ao seu lado, esticado em minha poltrona estofada, todo sujo de sangue e de barro, mas ainda vivo, o conde Matias Melquior.

– O que aconteceu com ela? – eu grito, apontando a arma para a cabeça do magrelo. Ele tenta afastar o cano com um tapa mole e desajeitado. Eu torno a gritar:

– Te dou dois segundos pra dizer o que você tá fazendo aqui e o que aconteceu com a Estela.

Ele tosse e engasga. Por fim diz, num péssimo português:

– Ela está... Como fala? Morrer. Morta.

Tudo fica embaçado, minha visão cai pela metade, mal consigo enxergar a poltrona e o seu ocupante. Meu dedo pressiona o gatilho mas o disparo não acontece. Algo impede que o percussor golpeie o cartucho. Algo poderoso: os olhos incandescentes do magrelo atrás das lentes escuras agora rachadas.

Eu pressiono o gatilho duas, três, quatro vezes, mas o disparo não ocorre. A bala que poria fim a essa insanidade não sai, o chumbo não atravessa o crânio do maldito conde.

Sinto o gosto do sal. O gosto do sal distante da praia da Jangada. Ouço as ondas atingindo o muro lá embaixo, lentamente o oceano vai inundando a avenida.

O magrelo segura meu braço e sussurra:

– Ela tentou... Ela... Como fala? Ela tentou ajudar eu. E agora está... Morta.

O sangue que mancha sua luva negra também suja meu braço.

Nunca saberei o que aconteceu. Nunca saberei exatamente como Estela tentou ajudar o magrelo, o que aconteceu, como ela morreu.

Logo o oceano do meu delírio cobrirá tudo.

Aí será outro dia. Outra sexta-feira. Outra Estela.

Rhana

No biscoito chinês da sorte que sempre acompanha meu macarrão *chop suey* está escrito: “Sorte para uns, morte para outros. Sua boa sorte se foi, vem aí sua má morte. Na hora agá diga xis, tá? Quero ver você bonita na foto quando a cadeira de rodas te atropelar”.

Mensagem demasiado sinistra para um biscoito da sorte.

Não voltei mais ao restaurante chinês.

Isso não adiantou nada. Quer eu queira, quer não, o biscoito e a caixa com o macarrão sempre aparecem no criado-mudo ao lado da minha cama no hotel.

Foto lembra fotógrafo.

Fotógrafo lembra o Flávio.

Nem que ele implore de joelhos eu vou deixar que tire minha foto. Para o Flávio eu não vou dizer xis de jeito nenhum.

Já cadeira de rodas lembra o Ulisses.

É melhor eu ficar bem longe desse aí também.

Sinistro, esse biscoito da sorte.

Eu vim a Cobra Norato para participar de um congresso de odontologia. Adoro esses eventos. Sou ortodontista e planejava assistir à palestra de vários colegas de outros estados.

Me hospedei no Babel Hotel por indicação de uma amiga e também porque o hotel fica bem perto do centro de convenções da cidade.

Nem preciso dizer que logo as coisas começaram a sair muito diferentes do que eu planejava, né?

O congresso ia começar no sábado de manhã. Eu cheguei quinta-feira à noite porque queria aproveitar o dia seguinte para fazer turismo. É, eu queria curtir a cidade tranquilamente por pelo menos um dia.

Nem preciso dizer que o dia do congresso nunca chegou, né?

Os dias foram passando – pra dizer a verdade o mesmo dia foi passando e passando – e nem sinal do sábado.

Estranho. Sinistro. Assustador.

Como explicar o que estava acontecendo?

No começo eu tinha certeza de que estava participando de um *reality show* nota dez, desses muito bem produzidos, dos quais os participantes nem suspeitam que estão participando.

Já vi isso na tevê.

A produção do programa promove um megaconcurso e milhares de pessoas se inscrevem, todas elas loucas para aparecer na tevê e se transformar em celebridade. Depois de várias peneiradas ficam apenas algumas dezenas de candidatos, para no final sobrar uma dúzia, às vezes um pouco mais, às vezes um pouco menos.

Aí os produtores contratam hipnotizadores de primeiríssima categoria para apagar parte da memória desses caras. Com o consentimento deles, é claro: está tudo no contrato que assinaram com a emissora. Então esses poucos eleitos esquecem que estão fazendo parte de um programa de tevê. Eles simplesmente esquecem, e continuam vivendo normalmente.

Vivendo normalmente... É isso o que eles pensam.

O país inteiro está acompanhando os caras pela tevê.

Só eles é que não sabem disso.

O último programa desse tipo a que eu assisti foi mais além: depois de uma boa sessão de hipnotismo os participantes foram levados a uma cidade cenográfica habitada exclusivamente por atores. Qual era mesmo o nome desse programa?

O show da vida.

Isso mesmo: *O show da vida.*

Os participantes interagiam uns com os outros e com os atores, sem saberem o que exatamente estavam fazendo. É lógico que os atores seguiam o roteiro passado a eles pelos diretores do programa. Mas o mais interessante era ver como os participantes se comportavam naquele imenso palco.

Alguns se adaptavam muito bem àquela vida artificial. Outros simplesmente piravam.

Semana após semana a legião de telespectadores escolhia um pobre coitado para cristo. Este – geralmente o sujeito menos simpático, menos bonito e menos engraçado do grupo – logo deveria abandonar o programa. Aos poucos, um a um, todos eles iam sendo eliminados, até que no final sobrava apenas o mais bem adaptado à situação. Esse, é claro, virava o mais novo herói nacional e levava pra casa uma montanha de dinheiro.

No começo, quando a mesma sexta-feira começou a se repetir dia após dia, eu tive certeza de que estava participando de um desses *reality shows*. Talvez do mais bizarro deles.

Eu estava crente que Cobra Norato não era mais do que uma imensa cidade cenográfica e as pessoas não passavam de atores.

De ótimos atores, é bom frisar.

Afinal, não devia ser nada fácil repetir nos mínimos detalhes os mesmos movimentos e as mesmas falas todo santo dia.

"Os telespectadores devem estar amando este programa", eu pensava. "Isto aqui é incrível. Se eu mesma não estivesse participando dele, juro que não sairia da frente da tevê. Olha só como a equipe técnica consegue reproduzir tudo com a maior perfeição: até a chuva começa a cair sempre no mesmo horário!".

Então eu resolvi dar trabalho à produção e aos atores. Comecei a fotografar, a gravar e a tomar nota de tudo o que acontecia ao meu redor apenas para verificar no dia seguinte se eles conseguiriam repetir cada sorriso, cada piscadela, cada cumprimento, cada tique nervoso, cada comentário nos mínimos detalhes.

Eles sempre conseguiam.

Eles sempre conseguem. É impressionante.

Então eu parei de fotografar, gravar e tomar nota. Cansei.

Só fui desistir dessa hipótese maluca de *reality show* quando o *shopping center* desabou na minha cabeça. É, quando eu morri. Essa experiência foi tão marcante e assustadora que mudou o rumo das minhas ideias.

Foi nesse dia que o magrelo chegou bem perto de mim. Por quê? Tenho certeza de que ele estava tentando me ajudar de alguma forma.

Ele sabia que o medalhão ia destruir o *shopping*. Por isso veio voando na minha direção.

Foi mágico. Nós ficamos tão perto um do outro que eu pude ver seus olhos luminosos atrás das lentes negras.

Não eram olhos humanos.

Eram olhos de alguém de outro planeta. De outro sistema solar. De outra galáxia.

No exato segundo em que a cúpula e as claraboias e as colunas e as lajes do *shopping* de Cobra Norato vieram abaixo, me transformando em pó de café, pasta de amendoim e farelo de pão, nesse exato instante eu entendi tudo. A invasão está prestes a começar.

A invasão da Terra.

Eu não disse nada a ninguém porque sei que não vão acreditar em mim. Eu não tenho nenhuma prova, eu ainda não consegui nenhuma evidência que comprove minha suspeita. Além disso, o Heitor, a Paula, a Estela, o Ulisses, o Flávio e o Tigre estão muito certos de suas próprias teorias.

Eu estou muito preocupada. Sei que o planeta está para ser invadido. Sei que eu devia tentar convencer os outros disso, para que juntos tentemos sabotar os planos dos invasores.

Mas tenho medo de que me chamem de louca e me expulsem do grupo.

O Tigre ligou há pouco e parecia bastante transtornado.

Ele quer que eu vá à casa dele.

– Imediatamente – ele disse.

– O que houve? Você está bem? – eu perguntei.

– Vem pra cá agora mesmo, e traga os outros. É muito importante. Você está no hotel?

– Não. Estou na rua. Andando um pouco. Para refletir em paz sobre tudo o que tem acontecido.

– Telefona pra eles. Venham já pra cá. Vou passar o endereço.

Tigre fez uma pequena pausa pra respirar e completou baixinho:

– Ele está aqui.

Em seguida passou seu endereço e desligou.

"Ele" eu sabia quem era.

Guardei o celular e fiquei contemplando a avenida através da janela da lanchonete onde eu estava havia quase duas horas. Por pouco não me perdi nesse devaneio. Então, bastante amedrontada – que irresponsável, eu nem sequer tinha anotado o endereço do Tigre num guardanapo, e se esquecesse?! –, tornei a pegar o telefone e comecei a ligar para os outros.

Não dei muitos detalhes. Repeti o recado do Tigre quase sem mudar nenhuma palavra, frisando no final seu ansioso *imediatamente*. Voltei a guardar o aparelho na bolsa, paguei a conta e me coloquei a caminho.

Chegarei lá em no máximo dez minutos.

Isso se eu conseguir atravessar a avenida. O que há com esse sinal que não fecha nunca?

Epa, o celular.

– Fala, Ulisses.

– Rhana, você já chegou à casa do Tigre?

– Ainda não. Mas estou quase chegando.

– Então corre. Algo muito estranho está acontecendo com esta cidade. Eu e o Heitor estamos presos na calçada do hotel. Não estamos conseguindo atravessar a avenida.

– Que besteira é essa?

– É sério. O trânsito não para. Parece que os sinais estão todos quebrados. A gente não tá conseguindo atravessar!

– Droga, Heitor, aqui está acontecendo a mesma coisa.

– Caramba, pensei que fosse só por estas bandas. Os carros estão passando voando nos dois sentidos. Táxi, perua, ônibus, carro comum, nenhum para. Não sei como ainda não aconteceu nenhum acidente. Em que altura da avenida você está?

– Na do número trinta e seis mil.

– A gente tá indo para aí. Não tem jeito. Aqui não vai dar pra atravessar. Chegando aí a gente pensa numa solução pra esta porcaria.

– Cadê os outros?

– Do outro lado da Oroboro. Eles já estavam do outro lado quando isso começou. Tô vendo os três daqui. Vou telefonar à Estela e falar pra eles irem na frente.

– É bom mesmo. O Tigre tá esperando.

– Rhana, você entende que... Olha só. Esse trânsito maluco. Isso é novo, isso não aconteceu antes.

– Eu sei, amigo. Parece que a maldição das sucessivas sextas-feiras está acabando. Mas não sei se estou gostando desse jeito grotesco de ela acabar.

– Nem eu... É, nem eu. Até daqui a pouco.

– Até.

O súbito transtorno na avenida só pode significar uma coisa: a invasão está começando.

Quem mais, a não ser os extraterrestres, seria capaz de interferir de maneira tão bizarra no trânsito de Cobra Norato?

Tento enxergar a expressão no rosto dos motoristas que passam em alta velocidade e tudo o que consigo fixar é o horror e o desespero que estão sentindo por não conseguirem parar de rodar dessa maneira completamente irracional.

Isso não é como a implosão do *shopping*. É absolutamente novo.

Na implosão do *shopping* as pessoas estavam congeladas, ninguém viu nada, ninguém sofreu nada. A cidade nem ficou sabendo o que aconteceu.

Mas isso aí. Ah, isso aí não aconteceu ontem nem anteontem. Isso aí não é a repetição da repetição. Além do mais a cidade toda está assistindo a essa loucura de grandes proporções.

Ansiosa e confusa, sem saber o que fazer, eu resolvo telefonar para o Tigre.

– Rhana, por que você tá demorando?

– Tigre, a avenida enlouqueceu. Não consigo atravessar. Fala mais alto porque o barulho aqui tá infernal.

– Droga. O magrelo disse que isso podia acontecer.

– Ele ainda está aí?

– Está. E o medalhão está com ele.

– Ótimo. Muito bom. Era assim que tinha que ser. Ele disse o que está acontecendo? O magrelo disse quem está por trás de tudo isso?

– Não. A situação é muito complicada, Rhana. Ele está aqui em casa desde ontem. Não deu pra gente conversar muito. O magrelo está muito ferido, parece que está quase morrendo, já perdeu muito sangue, além disso não fala muito bem a nossa língua. Agora ele está inconsciente, deitado na minha cama. Ontem, antes de desmaiar, ele só teve tempo de me agradecer por ter tomado conta do medalhão. Também disse que estamos todos em grande perigo, mas não deu mais detalhes sobre isso. Parece que tem gente muito poderosa querendo acabar com a vida dele e pegar o medalhão. Caramba, eu não vou conseguir lidar sozinho com tudo isso, não. Vem logo pra cá.

– Gente perigosa? Que tipo de gente perigosa?

– Como vou saber?! O cara tá desmaiado na minha cama!

– Calma, Tigre. A Paula, a Estela e o Flávio já devem estar chegando aí. Eles vão te ajudar.

– Ei, espera... Pô, solta meu braço... Ei, calma. Espera!

– Tigre, alô... Alô. Tigre?!

O chiado azedo e a batida seca que eu ouvi no telefone, antes da voz do Tigre desaparecer, podem significar muita coisa: uma luta, um acidente, uma falha no sistema de transmissão.

Um carro desgovernado pode ter atravessado a parede da sala.

Ou alguns agentes alienígenas podem ter capturado meu amigo e seu hóspede secreto.

Ou algo até pior. Um meteoro guiado por controle remoto pode ter atingido a casa do Tigre.

Assim não dá. Tomada pelo pânico eu não estou conseguindo pensar em nenhuma possibilidade que não seja extremamente trágica.

Pra piorar a situação, a calçada está cheia de pedestres horrorizados com o movimento na avenida. Quase não dá pra andar. As pessoas gritam, choramingam, gesticulam.

Ninguém mais está repetindo os mesmos monótonos movimentos dos dias anteriores. Ninguém mais está falando as mesmas falas ou fazendo os mesmos gestos. Cobra Norato inteira parece estar querendo vencer a força do irritante *déjà vu* que a encarcerava.

Eu olho para o céu à procura de algo que eu preferia que não estivesse lá. À procura da espaçonave dos invasores. Mas o céu está limpo, azul e sem nuvens.

Sei que ainda é cedo para afirmar isso, mas aposto comigo mesma como hoje não vai chover.

Não, nem sinal de nuvens, chuva ou espaçonaves.

A chuva hoje não vai vir, aposto e ganho.

Mas quem garante que a nave não virá?

As pessoas se acotovelam e tagarelam na calçada. Eu me afasto um pouco e entro numa sorveteria agora vazia. Preciso de silêncio.

Tento falar com a Estela mas a ligação cai na caixa postal. Tento falar com o Flávio e o resultado é o mesmo. Finalmente consigo falar com a Paula.

– Menina, onde vocês estão?

– No portão da casa do Tigre. Agora não dá pra falar, Rhana. Parece que tá havendo uma luta lá dentro.

– Ah, essa não!

– Estamos com muito medo de entrar na casa. Ninguém quer morrer hoje não.

– Mas vocês precisam ajudar o Tigre e o magrelo.

– Não vai dar, não. Espera... Parece que tem alguém na sala. O Flávio tá tentando olhar pela janela. Eu telefono mais tarde, tchau.

– Não, não desli... Droga.

Ninguém quer morrer hoje não. Foi o que ela disse. A palavra *morrer* me faz lembrar do biscoito chinês: "Sorte para uns, morte para outros. Sua boa sorte se foi, vem aí sua má morte. Na hora agá diga xis, tá? Quero ver você bonita na foto quando a cadeira de rodas te atropelar".

Sinistro.

Ainda bem que o Ulisses não está por perto. Já basta minha morte no *shopping*. Não quero agora ser atropelada por uma cadeira de rodas.

Opa, falei cedo demais.

Olha o Ulisses e o Heitor chegando.

Por sorte não me viram aqui dentro. Vou ficar quietinha aqui para que não me vejam.

Droga, estou me comportando como uma grande idiota paranoica e egoísta. Não posso ficar pensando só em mim, só na minha segurança, só no meu bem-estar. Tenho que pensar no planeta todo. Tenho que ajudar a impedir essa invasão.

Vamos lá, coragem, mulher. Faça o que você tem de fazer.

– Ulisses, Heitor, eu estou aqui.

– Rhana, que confusão é essa? Não estou conseguindo falar com o Tigre – Ulisses entra na sorveteria seguido de Heitor, que o ajuda com a cadeira.

Meu celular toca. É a Paula.

– Só um minuto, Ulisses... Paula, o que aconteceu? Que briga foi essa?

– O magrelo acordou. Ele parecia meio maluco, meio fora de si. Acordou e atacou o Tigre. Mas agora já está tudo bem. Foi só um susto. O magrelo já voltou a se acalmar. O Tigre, o Flávio e a Estela estão com ele.

– Eu preciso falar com o magrelo.

– Agora?

– Agora!

– Espera um segundo. Vou falar com o Tigre.

As peças do quebra-cabeça continuam meio soltas, mas sinto que é muito importante que o nosso grupo se reúna ao redor do magrelo. Sinto que estamos ligados a esse sujeito de alguma maneira. Só ele pode nos ajudar.

Quem atende o telefone é o Tigre:

– Rhana, conseguiu atravessar a avenida?

– Não. Algo ou alguém está tentando impedir que eu, o Heitor e o Ulisses consigamos nos juntar a vocês. Preciso falar com o magrelo. Sei que ele pode ajudar.

– Ele está muito fraco. Mal consegue falar, está delirando...

– Eu quero tentar mesmo assim. Passe o telefone pra ele.

Pouco depois uma voz cansada, arfante, vagarosa, vestida de palavras lentas, enroscadas e sem força sussurra:

– Vem... Vem... Pra cá...

– Conde, eu estou presa aqui, não consigo ir para aí, preciso da sua ajuda.

– Vem... Pra... Cá... Rápido.

– Eu não consigo!

Nervosa, eu dou meia-volta para escapar dos pedestres que vão chegando para engrossar a multidão. O buzinaço quase não me deixa ouvir nada. Por isso eu insisto:

– Conde, você precisa usar o medalhão. Não temos muito tempo. Eu conheço o poder do medalhão. Eu sei do que ele é capaz. Você precisa usar o medalhão agora.

Silêncio. Insuportável vazio. Do outro lado a respiração difícil de alguém que eu não sei se é humano ou alienígena. Então vem a resposta:

– O medalhão falou... Falou comigo. Ele disse... Ele disse: voem.

– Voar? Como assim, voar? Um helicóptero, talvez? Boa ideia, mas vai demorar um pouco. Não sei onde encontrar um.

– O medalhão falou... Ele disse: voem.

Subitamente eu me sinto mais leve e o chão escapa de meus pés. O celular escorrega da minha mão e some entre as cabeças e os ombros histéricos.

Olho pra baixo, à procura da segurança e do conforto da calçada, e a cidade já não está tão próxima quanto antes. As pessoas entretidas com o caos de automóveis e motoristas desesperados nem notam que não estou mais entre elas. Só uma menininha de vestido vermelho aponta o dedo para mim e ri:

– Olha, mamãe, a Mary Poppins.

Mas a mãe nem dá bola pra esse atento comentário infantil.

Eu flutuo sobre a avenida Oroboro, passando ao lado de prédios manchados de fuligem, sobre telhados novos e antigos, limpos e empoeirados. Nas janelas, alguns curiosos preocupados apenas com o trânsito lá embaixo. Atrás de mim vêm o Heitor e o Ulisses, com cadeira de rodas e tudo, tão impressionados quanto eu com esse inesperado truque de levitação.

Os pombos e as andorinhas que ziguezagueiam por perto estão boquiabertos, a copa das castanheiras plantadas no canteiro

central da avenida vem e vai. O vento forte, a quinze metros de altura, me obriga a fechar os olhos irritados também pelo frio.

Poucos minutos depois estou de pé, novamente em segurança, em frente à porta do sobrado do Tigre. Ao meu lado Heitor e Ulisses, brancos de susto, logo após pousarem em segurança verificam se nada do próprio corpo ficou pra trás: uma mão, uma orelha, um pé.

Mas então o chão foge outra vez. A porta abre totalmente e nós três passamos flutuando a poucos centímetros do piso de madeira da sala, na direção da escada, em seguida pra cima, sem esbarrar nas paredes nem tocar nos degraus, até chegar ao quarto onde está todo mundo reunido. Apenas a cadeira de rodas do Ulisses ficou para trás, enquanto seu ocupante veio levitando junto com a gente. Mais uma vez somos colocados cuidadosamente no chão.

– Uau – Paula arregala os olhos ao nos ver entrar.

Estão todos ali. Sentados na cama, o Tigre, o Flávio e a Estela. Num almofadão colocado no chão, a Paula. Na poltrona em frente à cama, o magrelo.

O medalhão está solto no ar, rodopiando devagar em torno do próprio eixo, brilhando e girando a poucos centímetros do olhar atento do conde Matias Melquior.

Eu me aproximo e agacho bem perto da poltrona.

O homem magro e todo de negro move a cabeça na minha direção. A pele de seu rosto encovado e triste é muito branca. O cabelo ralo e grisalho está empapado de suor. Ele tira os óculos escuros e revela um par de íris sem cor, quase transparentes. Percebo que ele está exausto, como alguém que nos últimos dias esteve trabalhando muito, sem descanso, sozinho. Como alguém que esteve lutando contra gigantes. Mas trabalhando em quê, lutando contra quem?

Ele me encara e tenta dizer algo, e eu percebo em suas íris descoradas que agora não é a hora de desgastá-lo ainda mais com esse tipo de pergunta.

O mais importante é saber como deter a invasão, não importando exatamente quem ou o que esteja invadindo o planeta. O *quem* ou o *que* ficam para mais tarde, quando tudo já tiver sido resolvido.

– Como? Como a gente pode impedir o que está acontecendo? – eu pergunto.

O magrelo descola os lábios ressecados, abre a boca, fecha, engole em seco, torna a abrir e nada, nenhum som, nenhuma palavra, nenhuma dica.

– Parece que ele tá morrendo – a Estela diz.

Eu seguro sua mão enluvada, mas de leve, com medo de, se apertar muito, fraturar seus ossos finos e aparentemente tão frágeis.

– O tempo... – ele diz, antes de tossir muito.

– Ele não para de tossir, eu já ofereci água mas ele não quis – Estela explica.

De fato há uma bandeja, uma garrafa de água mineral e alguns copos em cima do criado-mudo, ao lado do relógio digital.

O relógio apita: são duas horas da tarde.

O acesso de tosse passa e o magrelo repete com um sotaque que eu não conheço, um sotaque meio alemão, meio japonês, meio francês, ou tudo isso junto:

– O tempo... O segredo está... No tempo.

Tigre está começando a ficar irritado:

– O tempo, o tempo. Eu estou careca de saber que há alguma

coisa errada com o tempo. Que novidade! Fala algo que eu não saiba, pô!

O magrelo muda de posição na poltrona, torna a colocar os óculos – ao se mover eu vejo que sua roupa está suja de sangue em vários pontos – e, retirando a sua mão da minha, segura meu pulso e geme:

– Sorte.

– Quê?

– Sorte.

Tigre graceja com raiva:

– Essa não. Ele está desejando boa sorte pra você. Não é lindo?!

– Não é isso – eu logo percebo. – Ele está falando do biscoito chinês da sorte.

– Isso: sorte – ele solta minha mão e toca no joelho de Estela, que está sentada no canto da cama. – O bilhete... O policial...

– O bilhete? – Estela faz cara de quem não está sabendo do que se trata. – Que bilhete?

– É claro, o bilhete! Você já mostrou pra gente seu bilhete, Estela – eu digo empolgada. – As mensagens. Ele quer as nossas mensagens. Rápido, gente.

Todos começavam a vasculhar o bolso da calça, a bolsa ou a mochila.

Eu arrumo os copos e a garrafa de água embaixo do criado-mudo e estendo a bandeja vazia dizendo:

– Coloquem tudo aqui.

Heitor coloca seu celular, pois é nele que está gravada a mensagem que ele recebe toda manhã. Paula coloca um pedaço de papel com o *e-mail* que ela também recebe todo dia. Os outros fazem o mesmo com suas mensagens.

Está tudo aí.

Menos a do Tigre.

– Eu não tenho nada. Meu recado é dado pela tevê, esqueceram?

É mesmo. Que enrascada.

– Espera aí – eu tenho uma ideia. – Você conhece o texto de cor, não conhece? Então a Estela, nossa atriz de plantão, vai reproduzir pra nós a cena da tevê. Flávio vai ser o nosso *cameraman*. Ele vai gravar tudo no seu celular.

Fazemos isso em dois minutos.

Eu entrego a bandeja ao magrelo.

O medalhão, que antes parecia adormecido, agora parece ter vida própria. Ele está assanhado, vibrando. Todos nós ficamos apreensivos. Ele sobrevoa a bandeja e escaneia tudo o que encontra espalhado em cima dela. Devagar o aparelho vai assimilando todas as mensagens sinistras que nós temos recebido dia após dia. Ao terminar, um pequeno projetor surge no alto do medalhão e lança para cima, quase tocando no teto, uma a uma, a inesperada reprodução holográfica das várias mensagens.

A do Heitor e a do Tigre, gravadas no celular, são transformadas em bolhas de sabão digitais contendo em seu interior som e imagem. O *e-mail* da Paula, o bilhete da Estela e o bilhetinho do Ulisses, entregue pelo pombo-correio, meu recado da má sorte e a pichação na foto do Flávio são convertidos em texto ondulante. Tudo isso vai parar no alto, próximo ao teto branco. O quarto se transforma numa pequena sala de cinema em três dimensões.

Agora o medalhão está reprocessando esse amontoado de informação. Primeiro ele desconstrói os blocos de texto originais e os transforma em estranhas equações, tabelas e gráficos. As bolhas de sabão digitais também entram nesse caldo. Em seguida ele mistura as equações, as tabelas e os gráficos de maneira que pareçam uma escultura abstrata muito colorida. Uma escultura feita de luz. No final essa escultura é reconfigurada dando origem a uma nova equação composta de símbolos dançarinos que pipocam no alto. Símbolos saltitantes que eu não reconheço. Símbolos muito parecidos com os que estão gravados no corpo do medalhão.

Ulisses balbucia:

– As nossas mensagens, vejam só, elas escondiam em seu interior outras mensagens.

Heitor tira e fica manuseando nervosamente os óculos encardidos, encardindo mais ainda as lentes gordurosas. Ele não está entendendo nada:

– Que código secreto é esse? Isso aí é matemática?

Eu mesma só tenho conjecturas:

– É impossível saber. Com certeza não é um código deste planeta.

Um estrondo sacode o horizonte acobreado de Cobra Norato. Paula e eu vamos até a janela para ver o que está acontecendo.

– O que foi? – Heitor vem se juntar a nós.

Levantando muita fuligem, alguns edifícios começam a se desprender do chão e a alçar voo. Dezenas de pessoas flutuam ao lado deles, aos gritos, sendo engolfadas pela nuvem de poeira que vem de baixo.

– Meu são Camilo das Almas Extraviadas!

Uma vez separados de seus alicerces, os edifícios começam a girar vagarosamente em torno da casa onde nós estamos. Giram escoltados por automóveis e pessoas desesperadas. Giram no sentido anti-horário, acompanhando o sentido de rotação do medalhão.

– Cobra Norato está indo pelos ares – Paula grita.

Eu volto para perto do magrelo e mais uma vez seguro sua mão:

– O medalhão está mexendo com a estrutura da cidade. Cobra Norato está sendo destruída, as pessoas estão morrendo. Você precisa impedir isso.

– Não... Não há como... deter.

É impressão minha ou esse homem tão combalido parece estar recobrando o vigor? Seu português também está ficando melhor.

– É impossível... O medalhão foi ativado – ele diz.

Sua mão e sua voz estão mais firmes. O sotaque está desaparecendo. A pele do rosto está menos branca e transparente.

– Em poucos segundos tudo irá pelos ares.

Ele muda de posição na poltrona. Seu aspecto é agora muito mais saudável e vigoroso.

O medalhão continua projetando cálculos fantásticos perto do teto do quarto cheio de rostos apavorados.

O magrelo analisa alguns desses cálculos, entrelaça sobre o peito os dedos enluvados, espera que todos nós nos aproximemos para ouvir o que tem a dizer – suas palavras finais – e finalmente declara com muita seriedade:

– Foram dias difíceis, muito difíceis. Pra vocês e pra mim. Não posso dizer muita coisa. Eu estou proibido de entrar em detalhes. Tudo o que posso dizer é que gente mal-intencionada tentou manipular vocês. Gente poderosa. Eu fazia parte desse grupo. Eu era um deles. Mas quando compreendi qual era o seu plano, decidi lutar contra meus antigos colegas.

Pela crescente intensidade do estrondo que faz tremer as paredes do quarto, o furacão que agita a cidade deve estar cada vez mais próximo.

Eu pergunto aflita:

– De onde vocês são?

– De longe. De muito longe.

– O que vai acontecer agora? – é tudo o que Estela quer saber. – Vamos todos morrer?

Ele indica com um movimento da cabeça magra as equações holográficas:

– Se esses cálculos estiverem corretos, tudo vai voltar a ser como era antes e vocês esquecerão o que aconteceu. Tudo mesmo. Vocês não lembrarão nada. O tempo voltará ao normal. Então digam *adeus* uns aos outros, provavelmente vocês não se reencontrarão mais.

– E se... – eu titubeio. – E se os cálculos estiverem errados?

– O planeta entrará em colapso e explodirá.

– Simples assim?

– Simples assim.

Do lado de fora, a poucos metros da janela, voam os destroços dos edifícios, os caminhões e os carros em frangalhos, o corpo dos desafortunados. Gira-gira. Liquidificador. Furacão. Tornado.

O sobrado trepida. O teto se esfarela e some. Parte das paredes do quarto é arrebatada pelo furacão. Paula e Heitor são os primeiros a fugir para a escada.

Tigre, antes de sair carregando o Ulisses nas costas, ainda faz sua última pergunta ao seu hóspede incomum:

– E Luana? Se os cálculos estiverem certos... Vou vê-la outra vez?

O magrelo suspira:

– Talvez.

Eu e Estela agarramos o batente da porta, que range.

No final da fila só o Flávio não consegue agarrar nada e é sugado violentamente para o alto, para longe, para o centro do furacão.

FIM

Sinto meu corpo dolorido: as pernas e os braços latejam, a cabeça dói.

Antes mesmo de abrir os olhos eu sei que estou novamente em casa.

Eu voltei.

Voltei ao meu planeta.

Ao meu planeta quente, terrivelmente quente.

Antes mesmo de abrir os olhos eu sei que estou novamente em casa e em segurança. Também sei que o medalhão está a salvo comigo.

Graças a ele, graças aos cálculos precisos efetuados por seu sistema operacional, nós dois voltamos em segurança.

Meu planeta quente, insuportavelmente quente devido ao progressivo aquecimento global que durante décadas aumentou o efeito estufa; este meu planeta se chama Terra.

É o mesmo planeta de onde eu acabei de voltar.

Só a época é diferente.

Duzentos anos separam esta Terra, a minha Terra, da outra, da Terra que ficou para trás, perdida no passado. Da outra Terra que não explodiu. Afinal, se tivesse explodido, eu não estaria aqui.

Antes mesmo de abrir os olhos eu sei que Mayra está ao meu lado. Posso sentir seu perfume.

Finalmente abro os olhos e vejo que estou na sala azul do laboratório.

A luz filtrada pela claraboia atravessa os computadores flutuantes de néon e se dissolve no rosto delicado e moreno de Mayra.

Com seus olhos de cristal líquido, minha assistente escaneia meu corpo debilitado. As informações coletadas vão para seu cérebro eletrônico, que processa instantaneamente o diagnóstico. Uma microfração de segundo depois Mayra dá o resultado da análise: "Seja bem-vindo ao lar, doutor. Sua aura está estabilizada, você vai sobreviver. Feliz por estar de volta?".

Isso ela diz apenas em pensamento.

Fazia tempo que eu não conversava com alguém por telepatia. A resposta flui de minha mente humana para sua mente artificial: "Sim, muito feliz. Apesar do corre-corre, dos tropeços e de quase ter feito o planeta inteiro ir pelos ares, no final tudo deu certo".

"Agora você precisa descansar. Você perdeu muita energia vital viajando para o passado e voltando assim, sem planejamento algum. Não sei como você não se perdeu nas dobras do hipertempo."

Antes que ela assista às gravações que eu trouxe de toda a viagem e fique nervosa, assustada e indignada, eu vou logo avisando: "Fui atacado".

"Quê? Então o sangue... Eu analisei. Não era seu!"

"Era do assassino contratado pra me eliminar."

"Você..."

"Eu acabei com ele. E desapareci com o corpo."

Pela primeira vez em cinquenta anos Mayra fica com a mente em branco, totalmente apagada, em estado de choque.

Eu a tranquilizo: "O medalhão ajudou bastante. Graças a ele minha missão foi bem-sucedida. Graças a ele e a você, que estava aqui pra abrir o portal de chegada".

"O que fará agora com o medalhão? Ele voltou meio avariado e chamuscado nas bordas... Eu o guardei no cofre interdimensional. Por ora ele está bem seguro lá. Ninguém conseguirá rastreá-lo".

"O medalhão? Ah, vou continuar escondendo muito bem esse brinquedinho. Ele é uma máquina poderosa demais pra cair em mãos erradas."

"Seus ex-colegas do Departamento de Ciências Avançadas não vão esquecer o que você fez. Não vão esquecer nem perdoar."

"Monstros. Os malditos pretendiam sequestrar aquelas pessoas. Eles pretendiam sequestrar aquelas pessoas e submeter cada uma delas a todo tipo de experiência com o tempo. Isso seria desumano. Eu não podia ficar parado, só assistindo ao desenrolar desse plano abominável. Não podia. Se quiserem vingança, podem vir. Vamos ver se terão coragem de enfrentar o medalhão. Vamos ver se terão coragem de mexer comigo e com essa engenhoca mirabolante, com essa arma que eles mesmos criaram."

Mayra envia um comando mental ao sensor da claraboia, que responde diminuindo um pouco a intensidade da luz no interior da sala azul.

"Agora você precisa descansar", minha assistente recomenda com um tom maternal.

"Descansar... Estou mesmo precisando disso. Descansar. Mas antes..."

"Eu sei. Você quer ver se eles estão bem. Seus amigos do passado."

"Eu não diria que eles são meus amigos. Creio que nem eles diriam o mesmo. Mas confesso, Mayra, que com o tempo passei a sentir muito afeto por eles. Muito afeto... Sinto que agora nós temos um tipo de conexão profunda."

"Entendo."

Pode parecer estranho escutar uma criatura de plástico e metal dizer que entende o que alguém de carne e osso acabou de falar sobre emoções e sentimentos, mas Mayra não é uma androide como as outras. Eu a fiz diferente. Ela realmente sente e entende tudo isso.

No fundo da sala azul do laboratório surge a imagem tridimensional de uma cidade muito antiga. Logo reconheço Cobra Norato. Não a de hoje, onde eu moro, mas a de duzentos anos atrás.

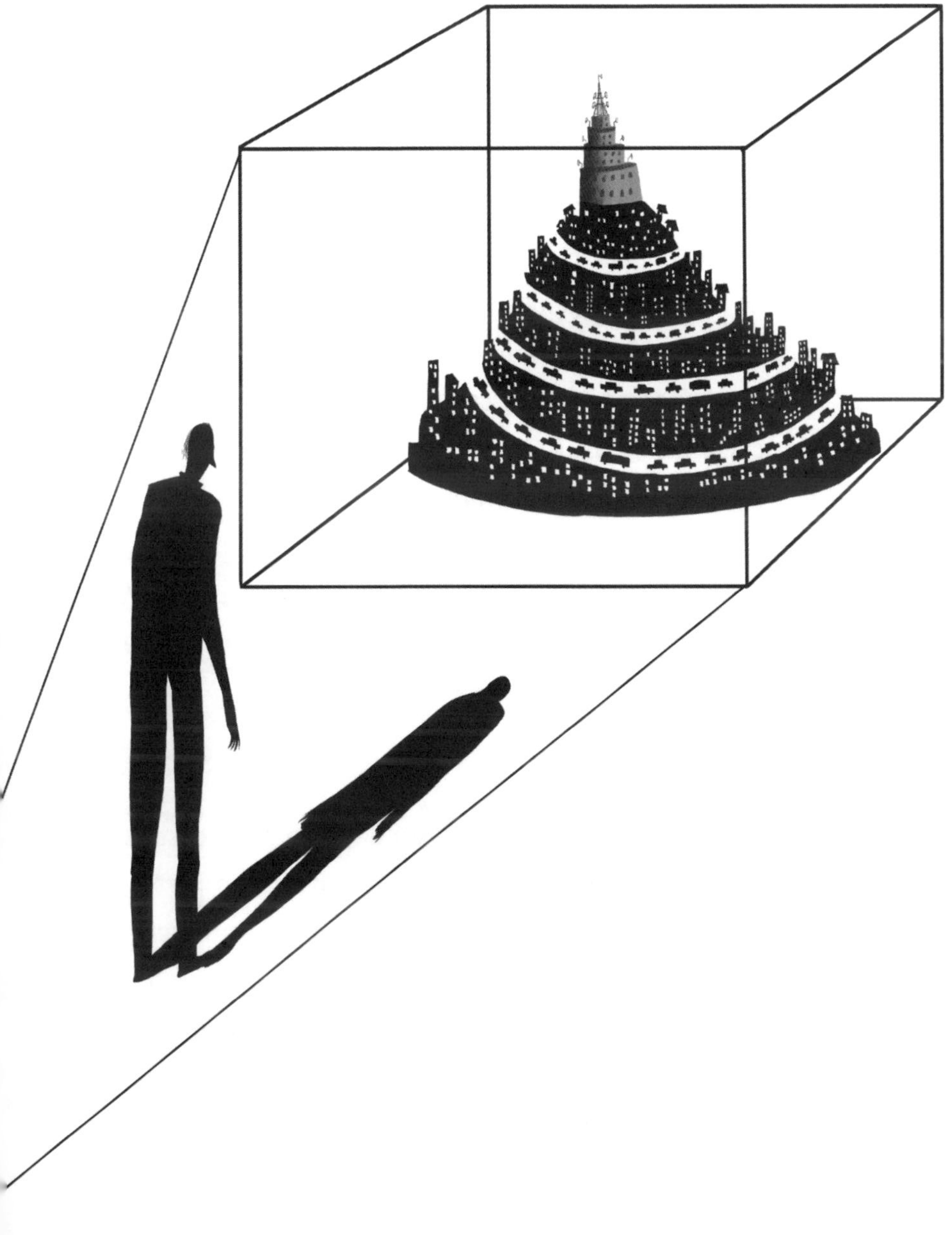

Essa cena panorâmica é substituída por outra que põe em destaque um largo trecho da avenida Oroboro.

O táxi de Heitor, que dirige despreocupado, aparece entre os outros veículos que estão subindo a avenida. No banco de trás vai Estela, o cabelo loiro preso por um lenço vermelho, a atenção toda posta numa revista científica. Heitor assovia baixinho uma melodia repetitiva. Estela continua concentrada na matéria que está lendo.

"Amnésia?", Mayra pergunta estranhando o fato de o motorista e a atriz estarem em silêncio, como se mal se conhecessem.

"Sim, mas amnésia branda. Efeito colateral da onda de choque temporal. Eles não se lembram de nada. Muito menos um do outro."

"Sorte nossa."

"Se as pessoas do passado soubessem que gente do futuro estava fazendo experiência com elas, isso seria um desastre. O pânico seria incontrolável. Isso poderia mudar o próprio futuro."

O táxi para no sinal vermelho e Paula passa na sua frente, metida no meio de um grupo de pedestres, ligada apenas no MP3 *player*. Vários passos atrás vai o desatento Flávio, que conversa ao telefone com sua filha sempre saudosa.

Eles não se conhecem mais.

"Estão faltando três", Mayra comenta.

Imediatamente a câmera virtual se afasta da faixa de pedestres e segue na direção contrária até encontrar Ulisses passando perto do Babel Hotel. Ele para a cadeira de rodas, faz cara de quem esqueceu algo em casa, abre o zíper da pasta cinza que está trazendo na bolsa da cadeira, verifica o conteúdo e respira aliviado. Os documentos estão ali. Nesse instante, saindo do hotel, Rhana passa toda agitada ao lado dele e começa a subir a avenida em direção ao centro de convenções.

Os dois até se olham por dois segundos, mas como um não conhece o outro cada qual segue seu caminho.

"Parece que está tudo bem também com esses dois."

Eu respiro mais tranquilo: "É, parece. Todos voltaram à rotina. Estão cuidando da própria vida como se nada tivesse acontecido".

"E o outro? O Tigre?"

A imagem volta a correr na direção contrária e os prédios, as casas, as árvores, os automóveis e as pessoas passam velozmente dentro da sala azul. A câmera procura ansiosamente em vários pontos da cidade, mas sem sucesso. Vasculha dentro do Babel Hotel, no *shopping*, no sobrado onde o policial mora, em toda parte, mas nem sinal dele. Então a imagem começa a tremer irritada, preocupada, assustada por não conseguir localizar quem ela tanto procura.

Para poder ver melhor, ainda deitado eu apoio o cotovelo na superfície de ar quente que eu costumo usar no lugar do colchão eletrostático.

Nem sinal do Tigre.

"Estamos procurando no lugar errado", eu finalmente concluo.

Depois de ler meu pensamento, a câmera virtual levanta voo, atravessa Cobra Norato e escapa pelo oeste seguindo na direção do litoral. Nuvens densas cruzam o seu caminho. Até que o sol surge e...

"Lá está ele", Mayra sorri.

No centro da cena, um ponto escuro cercado de amarelo.

Devagar o ponto vai aumentando e o amarelo vai se transformando em algo muito parecido com uma grande quantidade de areia.

A câmera para de vasculhar satisfeita: sentado na praia sob o sol do meio-dia o policial admira o mar.

Mas Tigre não está sozinho na praia aparentemente deserta. Do mar sai uma morena muito bonita e atraente que vem alisando o cabelo longo e crespo. Ela vem andando e falando qualquer coisa que não dá para a gente ouvir. Seu nome é Luana. Ou Solange. Tanto faz. Ela é ao mesmo tempo as duas mulheres. Ou nenhuma das duas. Tanto faz.

Ela se deixa cair ao lado do Tigre, que a beija demoradamente.

Mayra parece intrigada.

Antes que minha assistente formule sua próxima pergunta eu já forneço a resposta: "Aposto que você quer saber quem é ela afinal". Mayra faz um gesto positivo com a cabeça. Eu explico: "Essa moça foi a primeira cobaia usada pelos maníacos do Departamento de Ciências Avançadas. Tentaram aprisioná-la na eterna sexta-feira treze porém algo deu errado. Algo deu muito errado. Ela ficou presa durante alguns dias numa dobra do hipertempo e voltou de lá duplicada, triplicada, quadruplicada. Várias versões dessa mesma mulher passaram a perambular pela região de Cobra Norato, pelo litoral, pelo norte do estado. Versões femininas e masculinas".

"Que horror."

"Os monstros do Departamento conseguiram fazer isso sem que eu ficasse sabendo. Na certa já desconfiavam de que eu me recusaria a participar desse crime."

"Isso é brutal. Isso é... É... Demoníaco. Dividir assim uma pessoa! Felizmente você conseguiu reverter a situação. A moça agora é novamente uma só. Que monstros! Eles precisam ser levados à Justiça. Eles precisam ser punidos."

"Eles serão, Mayra... Eles serão. Assim que eu recuperar as minhas forças... Agora que eu tenho as provas, posso acusar todos eles. Todos eles... Vão pagar caro pelo que fizeram. O julgamento, a prisão... Não vão escapar da prisão. Eu só preciso... Descansar um pouco."

"Descanse, doutor."

"Eu só preciso..."

"Agora descanse. Não se preocupe com nada. O medalhão está seguro. E eu estou aqui."

Sinto a temperatura da sala azul e a densidade da superfície de ar quente sendo mais uma vez ajustadas para o meu completo conforto.

Não existe lugar mais aprazível do que o lar.

"Assim está... Muito bom... Até mais tarde, Mayra."

"Boa noite, doutor."

O corpo ainda dói um pouco. Doem as articulações, doem até as unhas e o pelo miúdo. Mas vai passar.

É muito bom estar em casa.